CONCEPTION GRAPHIQUE : L'BB

ISBN 2-203-11789-3

HUMOUR

Mervyn Peake

Lettres d'un oncle perdu

illustré par l'auteur

TRADUIT DE L'ANGLAIS PAR
FRANÇOISE ET PATRICK REUMAUX

ROMANS
casterman
DIX & PLUS

PREMIÈRE LETTRE

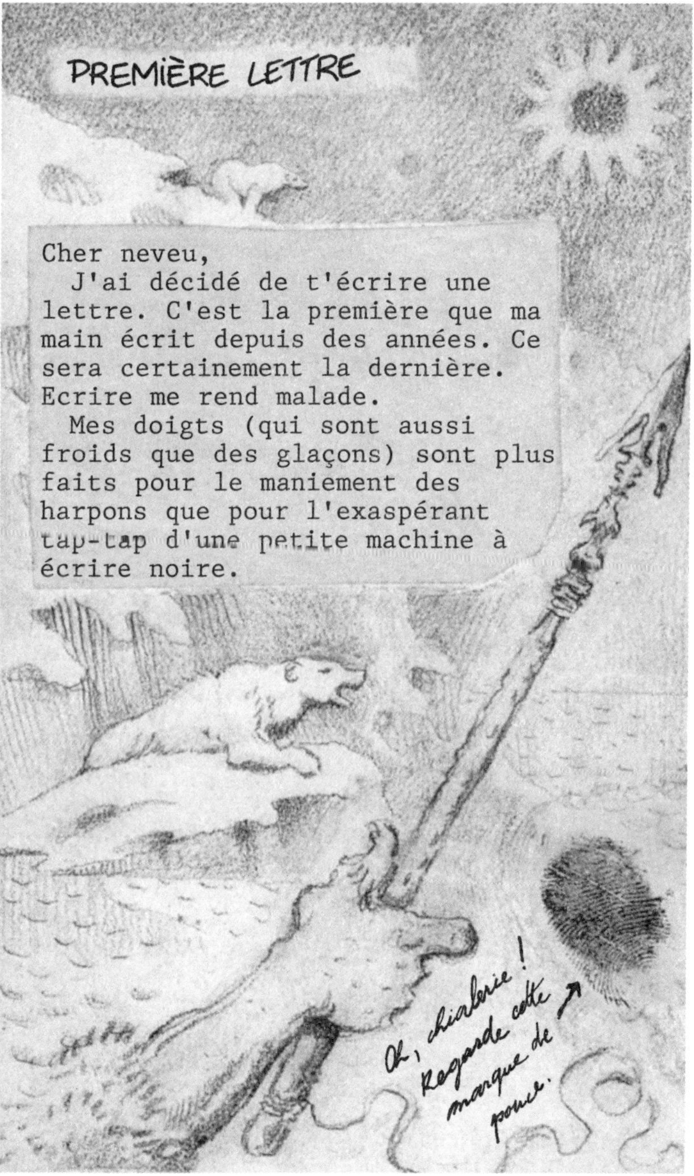

Cher neveu,

J'ai décidé de t'écrire une lettre. C'est la première que ma main écrit depuis des années. Ce sera certainement la dernière. Ecrire me rend malade.

Mes doigts (qui sont aussi froids que des glaçons) sont plus faits pour le maniement des harpons que pour l'exaspérant tap-tap d'une petite machine à écrire noire.

Chialerie de chialerie ! Me voilà en train d'écrire comme une femmelette alors que l'air arctique respire le danger et l'aventure.
Et pas seulement ça, mais j'ai Jackson à décharger avant qu'il s'enroule pour dormir et ma jambe-épée à polir...

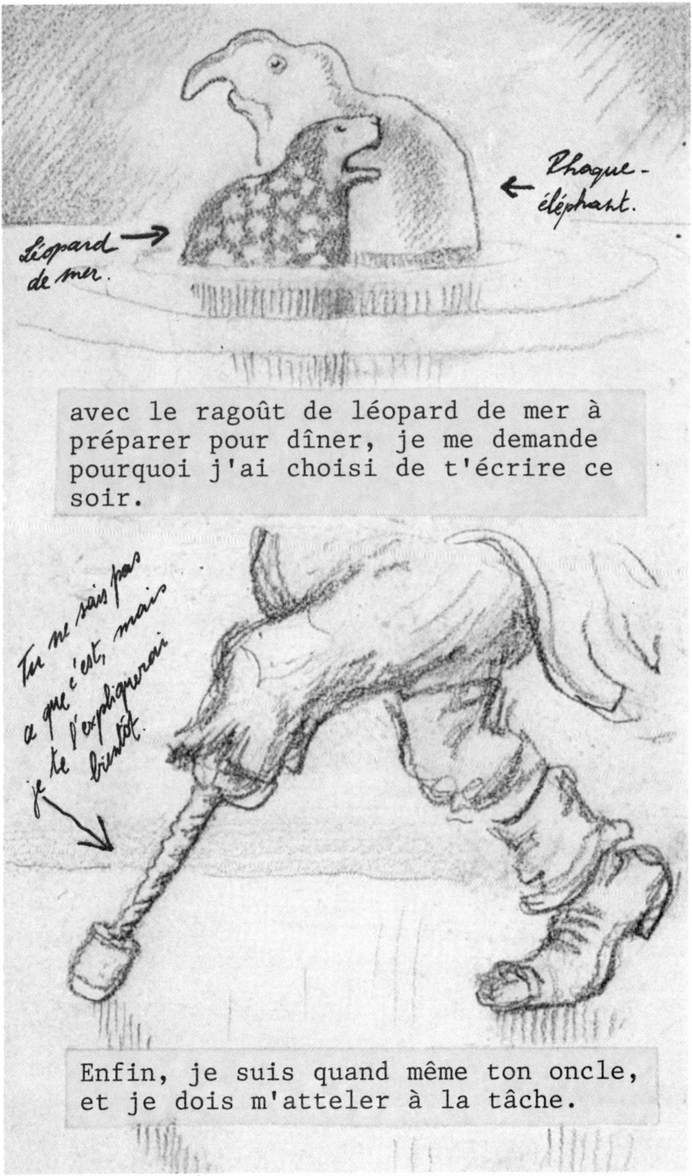
Phoque-éléphant.
Léopard de mer.
avec le ragoût de léopard de mer à préparer pour dîner, je me demande pourquoi j'ai choisi de t'écrire ce soir.
Tu ne sais pas ce que c'est, mais je te l'expliquerai bientôt.
Enfin, je suis quand même ton oncle, et je dois m'atteler à la tâche.

Je ferais mieux de commencer en me décrivant du mieux que je peux. Tu m'imagineras plus facilement et ça t'aidera à comprendre mon point de vue. En fait je vais faire un dessin de moi après t'avoir donné quelques mensurations. Si je n'avais pas usé ma chaussette, j'aurais six pieds six pouces de haut. Ma taille n'a pas d'importance mais il faut voyager pour en faire le tour. Il me sera difficile de me dessiner car je ne me rappelle pas très bien mon visage. Je vais faire le dessin sur la page suivante, il y aura plus de place. Pour remplir le blanc au-dessus je vais dessiner l'éléphant de mer que j'ai dépecé il y a une semaine. Il avait un goût épouvantable quand je l'ai fait frire, mais Jackson s'est régalé.

(J'ai oublié que j'avais déjà dessiné un éléphant de mer — ça ne fait rien)
Ah non, c'était un phoque-éléphant.

Je pense que je ressemble à ça, mais comme j'ai cassé mon unique paire de lunettes il y a douze ans, rappelle-toi que c'est fait de mémoire.

C'est ce que les artistes appellent un autoportrait en pied. Dans le lointain, on aperçoit le pic que j'ai escaladé avant de perdre ma jambe. Personne d'autre ne connaît le chemin pour y grimper.

DEUXIEME
LETTRE

Je ne t'écrirai pas longtemps cette fois car je viens de m'apercevoir que je dérive sur un iceberg grand comme le comté de Kent. Il a commencé à dériver dans la direction opposée à la mienne, alors j'ai envoyé Jackson préparer le kayak afin de repartir vers le nord-est.

J'ai bien l'impression que les jours qui viennent vont être les plus dangereux de ma vie. C'est pourquoi j'ai décidé de t'écrire cette lettre qui sera une sorte de journal de bord. Si je suis tué ou quoi que ce soit, ces pages seront peut-être retrouvées, quoique je ne voie pas très bien à quoi elles pourraient servir, à moins que je ne découvre le LION BLANC. Ce n'est pas que j'aie l'intention de me faire trucider. Chialerie de chialerie ! Je suis un dur de dur.

Voilà un dessin de Jackson, ça t'aidera à le comprendre. Il est à mon service depuis des années ; il n'a aucune conversation, mais je ne l'échangerais pas contre six tubes de lait condensé ou un pichet de rhum brûlant.

Au fait, je t'écris d'un igloo perdu dans les solitudes du pôle. Je dois maintenant terminer ma lettre (pourquoi l'ai-je donc commencée ?) et voir si le kayak est prêt, car moi je le suis. Au fait, je n'ai pas fait une seule faute de frappe sur cette%page...

Oh chialerie !

Je suis toujours dans l'igloo bien qu'un jour ait passé. Le blizzard s'est levé au moment où je terminais ma dernière lettre et il n'a pas cessé de hurler comme un animal affamé. Misère de misère ! Mes mains sont si froides que je sens à peine la machine.

Jackson est couché à côté de moi. Il ronfle comme un grenadier et sa paupière clignote sans arrêt. Il fait plus chaud car j'ai bouché l'entrée de l'igloo avec des peaux de bêtes et j'ai allumé un bon feu. L'endroit est un peu enfumé, mais j'aperçois toujours Jackson.

Impossible d'embarquer aujourd'hui, bien que l'île de glace sur laquelle je dérive file aussi vite qu'un bateau.

C'est irritant d'être ainsi dévié de sa course, mais ça me permet de poursuivre ma lettre.

Peut-être n'as-tu jamais entendu parler de moi ? Cela n'aurait rien de surprenant. Les explorateurs sont vite oubliés ; même par leur famille. Je veux dire <u>surtout</u> par leur famille. Non que j'aie envoyé de mes nouvelles. C'est la première lettre que j'écris, aussi garde-la précieusement si elle te parvient. Non seulement je ne recommencerai jamais ce bla-bla littéraire, mais j'espère qu'il contiendra des informations vitales sur le LION BLANC... tu n'auras qu'à les transmettre au

Muséum d'histoire naturelle de South Kensington, si c'est toujours là qu'il est.

Car j'ai une raison. Je te l'expliquerai plus tard. Pour le moment, je te dis simplement une chose pour te tenir sur des charbons ardents.
La voici. Derrière ma décision de t'écrire - derrière ma tête - derrière tout ce que je crois, il y a le LION BLANC ; le LION qui est sur le timbre - l'Empereur des Neiges.

C'est une reproduction d'une partie du timbre, mais agrandie.

Même si le portrait de moi que j'ai fait n'est pas d'une ressemblance hurlante, je sais que je n'ai qu'un oeil (qui marche), qu'une jambe et qu'une tête. Tout va très bien pour moi, merci, je déteste qu'on me plaigne.

Ne crois pas que je dessine pour te faire plaisir ; j'explique mieux les choses par des dessins et j'adore dessiner. Tant mieux si tu aimes mes dessins, mais j'en ferai de toute façon. J'ai un bon gros cahier avec des tas de feuilles blanches, pas de danger que je manque de papier, même si je dessine sur toutes les pages.

Par exemple, de l'endroit où je suis assis je vois parfaitement bien mon pied droit, et ma jambe-épée aussi, avec l'intérieur de l'igloo derrière - à titre d'exemple, je vais en faire un dessin avant de continuer.

Ça commence à manquer d'air, je crois que je vais desserrer le bouchon de peaux de bêtes dans le tunnel de l'igloo pour laisser entrer un peu de blizzard.

Comme tu l'as peut-être remarqué j'ai une jambe-épée. Avec ça et mon expérience du danger, je suis paré pour les cas d'urgence. Par exemple, lundi dernier, quand un loup arctique aux crocs brillants et faméliques s'est jeté sur moi comme la misère sur le pain, je n'ai eu qu'à faire ça :

et tout a été fini.

Ma jambe-épée appartenait à un espadon qui m'a attaqué dans mon kayak. Nous nous sommes battus farouchement et, dans l'échauffourée, j'ai perdu ma jambe et lui son nez. J'ai tout de suite remarqué que l'épée avait la même longueur que ma jambe et je l'ai ajustée le soir même

(avec douleur et difficulté)

Evidemment je ne marche pas aussi vite qu'avant, mais ça a des avantages : par exemple, ça m'empêche de glisser sur la glace.

Désolé pour ces taches, mais je viens de me couper le doigt... Tout va bien maintenant, je me suis fait un pansement avec une peau de serpent.

Mon feu s'est presque éteint. Je n'ai pas arrêté d'écrire et de dessiner. L'igloo est devenu glacial. La tempête hurle toujours dehors, j'en ai trop laissé entrer à l'intérieur du tunnel. Je termine ici cette lettre car je veux me réchauffer. A cette heure-ci le mois prochain - si cette tempête ne m'a pas fait dériver trop loin - j'aurai construit un autre igloo à des miles et des miles à l'est. Je pourrai alors continuer cette lettre après avoir exploré les montagnes déchiquetées et les forêts de pins pétrifiées, ruisselantes, glaciales et infestées d'ours. Je pourrai peut-être alors t'expliquer ce que je trafiquouille exactement - comment j'ai quitté la maison et pourquoi je te raconte tout ça. Bonne nuit.

TROISIÈME LETTRE (Des semaines plus tard).

Je suis passé à travers des déluges et des tempêtes depuis ma dernière lettre. T'écrire me semble moins pénible cette fois, bien que ce ne soit pas encore la joie. Mais comme je te l'ai dit, j'ai une bonne raison pour le faire, et je dois persévérer.

Je ne suis plus dans l'igloo, mais à des lieues et des lieues à l'ouest, et j'ai laissé loin derrière moi l'iceberg grand comme le Kent. Je l'ai vu pour la dernière fois de mon kayak : le soleil levant le colorait d'un rose glacial tandis qu'il s'éloignait et disparaissait à l'horizon. Au plus fort de la tempête le vent a changé de direction et a ramené la banquise à peu près à l'endroit d'où nous étions partis.

Mais cela s'est passé il y a plusieurs semaines et depuis j'ai essuyé des tempêtes encore plus terribles. J'étais aux abords d'une forêt où tous les arbres avaient été gelés et étaient des squelettes sans feuilles.

Quand j'entrai dans la forêt, il se mit à tomber une avalanche de neige, laissant juste émerger nos têtes. Un grand vent sortit au galop des glaciers qui entouraient la
forêt et les arbres froids rugirent comme s'ils avaient chacun une gorge. Puis vint la neige fondue et les tempêtes de grêle qui brisèrent leurs branches une par une et les firent s'envoler dans la neige démente.

Mais je te parlerai de ce voyage plus tard (si j'ai le temps). Pour le moment je me contenterai de quelques dessins des bêtes que j'ai rencontrées en chemin, et d'un dessin de la cabane que j'ai construite et dans laquelle je t'écris cette lettre.

C'est un élan
(l'espèce qui a la queue nouée).

Voilà la cabane que j'ai promis de dessiner. Cela te montre aussi le genre de paysage qui l'entoure.

4E LETTRE

Je me sens très bien ce soir, après avoir exploré toute la journée. J'ai le pressentiment que je me rapproche de plus en plus du Lion Blanc. Comme je me sens bien, je crois que je vais te faire quelques confidences dans cette lettre. C'est la première fois que j'ai envie de la continuer. Je pense que c'est parce que j'aime voir combien de mots j'ai déjà écrits et regarder tous les dessins que j'ai faits.

Ce que j'essaie de te dire depuis le début, c'est comment j'ai commencé cette vie errante. Comme ça tu pourras me voir comme qui dirait en perspective, ce qui veut seulement dire que tu comprendras pourquoi je fais certaines choses parce que tu sauras ce que j'ai fait avant.

En tout cas, je ne m'étendrai pas sur cette partie, car la seule chose qui compte vraiment, c'est le Lion sur le timbre, tout le reste n'est que bla-bla.

Tu quitteras bientôt le lointain passé pour revenir dans le présent. En ce qui me concerne, seul le futur compte. Je brûle de te parler de mon projet, mais la poire n'est pas encore mûre.

Oh, chialerie ! Ça fait bien longtemps que je n'ai pas fait un dessin. Je suis soulagé de m'arrêter de tapoter sur cette petite machine noire et de recommencer à dessiner. Comme il y a un scarabée polaire qui se glisse sous la porte de ma hutte, je vais le dessiner.

Je me sens beaucoup mieux maintenant que j'ai dessiné le scarabée. Où en étais-je ? Oh oui, j'allais te parler de mon passé. Je suis né à Tulse Hill,

mais j'ai fait ma première fugue une semaine après ma naissance. On m'a rattrapé à Finsbury et remis dans mon berceau avec une camisole de force.

Le premier jour où je suis allé à l'école j'ai bu tellement d'encre que ça m'a rendu malade et que je n'ai guéri qu'à la fin des études scolaires. Je me suis alors échappé

de la maison mais, tiraillé par la faim, j'ai dû revenir et une nuit j'ai avalé tout ce qu'il y avait dans le frigidaire. Je suis de nouveau tombé malade, cette fois-ci jusqu'à vingt-deux ans, où je me suis marié.

Je m'étais laissé pousser une barbe que je n'ai plus jamais rasée depuis. Ma femme la détestait.

C'est à peu près à cette époque que j'ai commencé à ramasser toutes sortes d'insectes, de champignons et de rats. La meilleure place, du point de vue de leur santé, était ma pièce à moi. Comme ma femme était de moins en moins bien intentionnée à mon égard, je pris l'habitude de ne pas manger à la maison et de coucher dans le métro, à la station de Cannon Street. Pour passer le temps, j'allais souvent au Muséum d'Histoire Naturelle ou bien je dessinais les quatre lions de Trafalgar Square. Je réalise aujourd'hui qu'ils étaient identiques et que j'ai perdu un temps fou à les dessiner l'un après l'autre. Tant ces lions que ce que je voyais au Muséum enflammaient mon imagination comme une torche. Une terrible fringale de voir le monde s'empara de moi et je décidai, advienne que pourra, de quitter ma terre natale et de faire voile vers les Tropiques.

Quand ma femme (qui ressemblait à ça, pauvre chose, et doit toujours être pareille)
apprit mes intentions, le bout de son nez devint aussi froid qu'un glaçon et ses oreilles brûlèrent comme des betteraves. Elle piqua une grande, grande colère et quand tous ses frères...

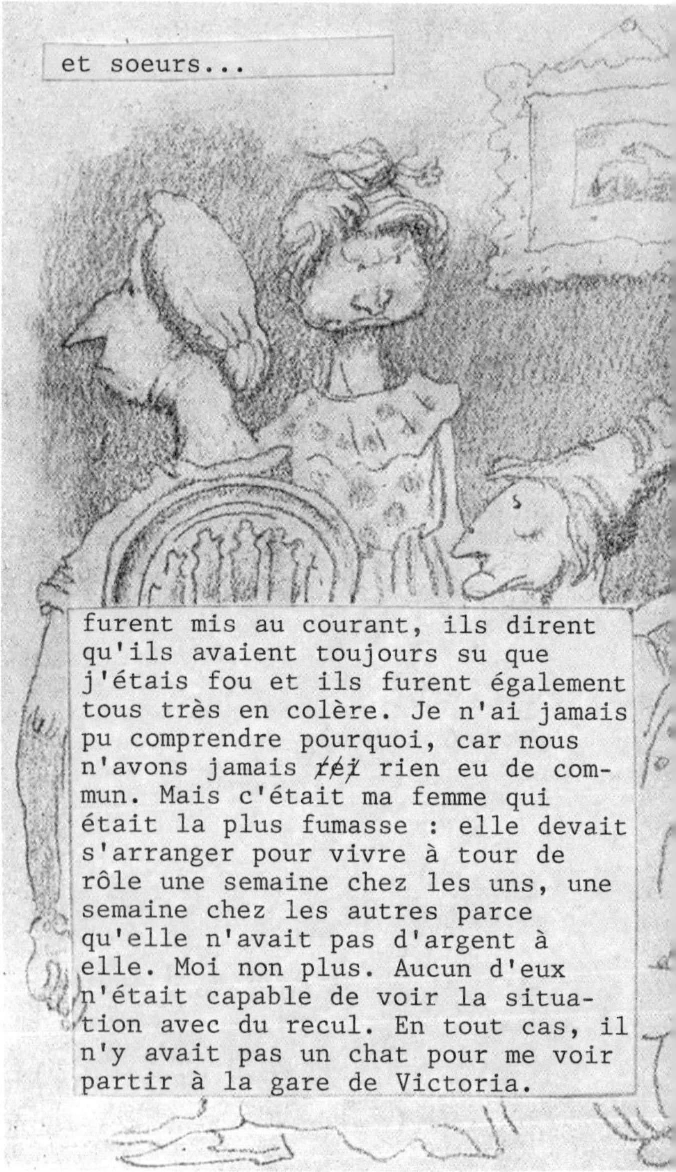
et soeurs...
furent mis au courant, ils dirent qu'ils avaient toujours su que j'étais fou et ils furent également tous très en colère. Je n'ai jamais pu comprendre pourquoi, car nous n'avons jamais ~~réi~~ rien eu de commun. Mais c'était ma femme qui était la plus fumasse : elle devait s'arranger pour vivre à tour de rôle une semaine chez les uns, une semaine chez les autres parce qu'elle n'avait pas d'argent à elle. Moi non plus. Aucun d'eux n'était capable de voir la situation avec du recul. En tout cas, il n'y avait pas un chat pour me voir partir à la gare de Victoria.

J'atteignis bientôt la côte et embarquai à bord du <u>s.s.Em</u>, un rapide vapeur avec des cheminées orange et bleues. Je n'ai jamais su si "Em" était le diminutif~~e~~d'Empire ou d'Emeu, mais c'est un nom qui m'a toujours paru trop court pour un bateau aussi grand. Quoi qu'il en soit, la nourriture était très bonne, ce qui me changeait agréablement de celle de ma femme, car j'avais passé les trois derniers jours sous mon toit. Finis les toits - en tout cas ceux qui ont un plafond en plâtre.

Après quelques semaines passées à bord, le temps devint si glorieusement doré que j'arrachai mon faux col et le jetai à la mer. Je n'ai jamais plus porté de faux col depuis, et ce n'est pas demain la veille que je remettrai une chose aussi absurde.

Des tas d'événements de toutes sortes m'arrivèrent dans les ports colorés ; dans les rades noires et dans les criques à fièvres ; ou le long des fleuves tropicaux bordés de grands arbres qui formaient au-dessus du bateau d'interminables tunnels vert sombre. Les fruits et les noix, bing-bang-bing, tombaient sur le pont, déquillées par les mâts du *s.s. Em* qui fendaient les frondaisons. Je me rappelle que les sapajous et les grands singes se balançaient comme des ombres dans les ténèbres vertes au-dessus de nous, s'accrochaient en haut des mâts avec leurs longs bras velus et revenaient d'un bond dans les arbres riverains. Ils jacassaient sans arrêt en faisant un tintamarre effrayant et les perroquets hurlaient, ensanglantant l'air de leurs ailes ;

et puis il y avait les jours où je m'appuyais sur le bastingage du navire et où je contemplais l'océan en me grattant la barbe et en fumant la pipe que j'avais taillée dans le pied de la chaise favorite de ma femme. Je passais des heures à méditer, ce qui te surprendra, je pense, car tu sais que je suis un homme d'action.

Un soir d'été je rêvassais donc, appuyé sur le bastingage. Un requin nageait rapidement le long de la coque et je m'amusais à lui jeter de petits morceaux de fromage qu'il croquait avec adresse.

Plus loin que le requin, le

reflet d'une énorme lune dansait comme un bouchon sur les vagues. Je m'arrêtai soudain de lancer du fromage car une idée venait de me traverser l'esprit : je réalisai soudain que je ne m'étais jamais demandé vers quelle destination se dirigeait ce bateau.

Comme il n'y avait personne d'autre sur le pont, je ne pouvais pas faire de petite enquête. J'avais médité si longtemps qu'il devait être presque minuit. Vois-tu, j'étais si excité de partir quand j'ai quitté l'Angleterre que je n'ai pas pris la peine de demander vers où se dirigeait le bateau - du moment que c'était vers les Tropiques.

Le fromage terminé, je descendis dans ma cabine, mais impossible de dormir, il faisait trop chaud. Le nègre (avec qui je la partageais) ronflait comme un sapeur, et j'eus beau le secouer, il se tourna de l'autre côté et reprit de plus belle.

Aussi je remontai sur le pont, cette fois en robe de chambre. Imagine l'excitation qui s'empara de moi lorsque j'aperçus à l'horizon de la mer baignée de lune une chaîne de montagnes étincelantes. Aussitôt, et presque sans réfléchir, je pris l'une des décisions les plus importantes de ma vie.

Je courus à ma cabine, m'habillai, pris mon chapeau et jetai mon édredon sur le bras. J'étais à mi-chemin du pont lorsque je me souvins que j'avais oublié ma longue-vue et je courus ~~la~~ les rechercher. Quand j'atteignis le pont, je laissai le duvet sur le bastingage, fourrai la longue-vue dans la poche de ma veste et me précipitai dans le salon d'où je sortis une longue table au clair de lune.

et aussi ma machine à écrire, et mon appareil photo et plusieurs autres petites choses.

Il ne me restait plus qu'à dénicher un aviron et une chaise pour que mon équipement soit complet. Attachant chaise et table avec un cordage, je les flanquai par-dessus bord et enjambai le bastingage à mon tour, l'aviron dans une main et le duvet noué autour de ma ceinture.

Une fois dans la mer, je bus plusieurs tasses d'un coup, mais réussis à grimper sur la table qui flottait tout près avec la chaise qui y était attachée. Elles dansaient toutes les deux sur les vagues. Je hissai la chaise après moi. Comme la table était tombée à l'envers, ses quatre pieds s'élevaient désespérément en l'air. Je transportai la chaise au milieu et m'assis dessus, avec l'aviron sur mes genoux et l'édredon mouillé étalé à mes pieds pour qu'il pût sécher au clair de lune. Quand je regardai autour de moi, le vieux s.s. Em était loin et j'étais seul sur ma table-bateau au milieu de l'océan.

Je pense que ceci ferait un bon dessin. Je vais le faire sur la page suivante où il y a plus de place. (Sur une plus grande échelle.)

Je devais à peu près ressembler à ça. Comme tu le vois, je n'avais pas encore perdu ma jambe en ce temps-là. Misère de misère ! Quel innocent j'étais !

Le dessin que je viens de faire m'a pris si longtemps que je dois sortir me dégourdir les jambes, ou plutôt ma jambe, puisque l'épée n'a pas besoin d'être dégourdie. C'est un autre avantage auquel je n'avais pas pensé.

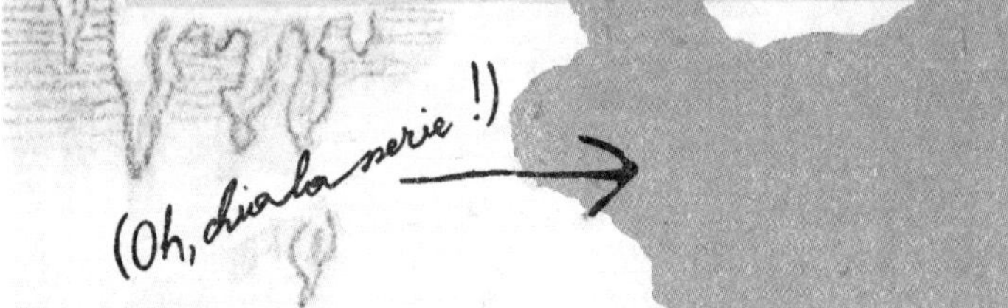

Je reprends ma lettre. Dehors la nuit est magnifique : le soleil arctique brûle comme cent torches de couleurs différentes et juste devant lui, au sommet d'un iceberg, un ours polaire paraît avoir été découpé dans du carton noir. L'ours (qui s'en fiche complètement) est "silhouetté", comme on dit. Après m'être dégourdi la jambe, je suis rentré dans ma cabane et me suis fait griller une côtelette de morse. Un vrai régal ! Ça me donne du courage pour continuer. N'est-ce pas merveilleux, je commence à prendre plaisir à t'écrire ? Je ne t'aimais pas beaucoup au début. Mais attends que j'aie des nouvelles du Lion Blanc. Alors J'ECRIRAI vraiment.
J'y pense, c'est Jackson qui a

fait la tache de sauce sur la page que je viens d'écrire. On ne peut pas rêver bestiole plus maladroite.

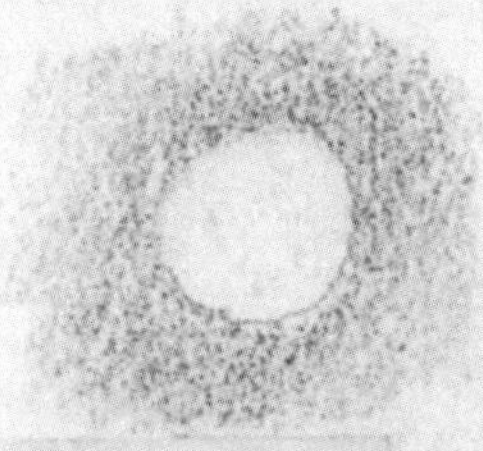

J'étais donc là, en ces lointaines années (désolé pour la nouvelle tache de sauce - c'est encore Jackson), je te disais donc que j'étais là, en ces années lointaines, assis, après avoir sauté du bateau, sur la table éclairée par la lune qui dansait sur les vagues, me sentant un peu seul au milieu de la mer profonde qui mugissait alentour.

A la réflexion, je me dis que c'était exactement le genre de chose dont je crevais d'envie à Londres. Pourquoi avais-je quitté l'Angleterre ? Pour ça, évidemment. Du coup, au lieu de me sentir solitaire, je me sentis plus joyeux que je ne l'avais jamais été.

Je me mis à chanter (ce que je fais rarement) et des bancs de poissons sortirent la tête sous la lune pour m'écouter, les yeux brillants comme des pièces de monnaie, et ils ne regagnèrent

les profondeurs de la mer que lorsque je fus complètement à bout de souffle.

Je commençai à ramer pour faire avancer la table vers les montagnes de l'horizon. Ce n'était pas une mince affaire, comme tu peux l'imaginer, et je n'atteignis la terre ferme qu'à l'aube. J'accostai sur une plage de sable rouge constellée de tortues (endormies) et l'une d'elles dort aujourd'hui à côté de moi : c'est Jackson. J'ai tout de suite vu qu'il pourrait m'être utile, comme bête de somme~~s~~ - et peut-être comme ami.

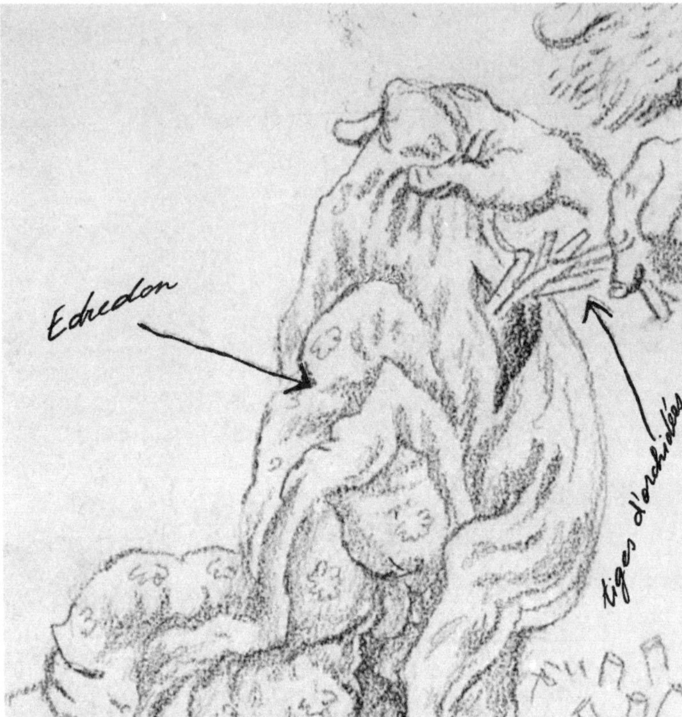

Je me suis donc mis en marche pour explorer l'intérieur après avoir pratiqué une fente dans mon duvet et jeté toutes les plumes. Pourquoi ? Tout simplement parce que j'avais découvert, dans une vallée humide, des brassées d'orchidées. Je les ai mises à la place des plumes, et ce sont leurs tiges que je fume. Comme tabac, misère de misère, on ne fait pas mieux.

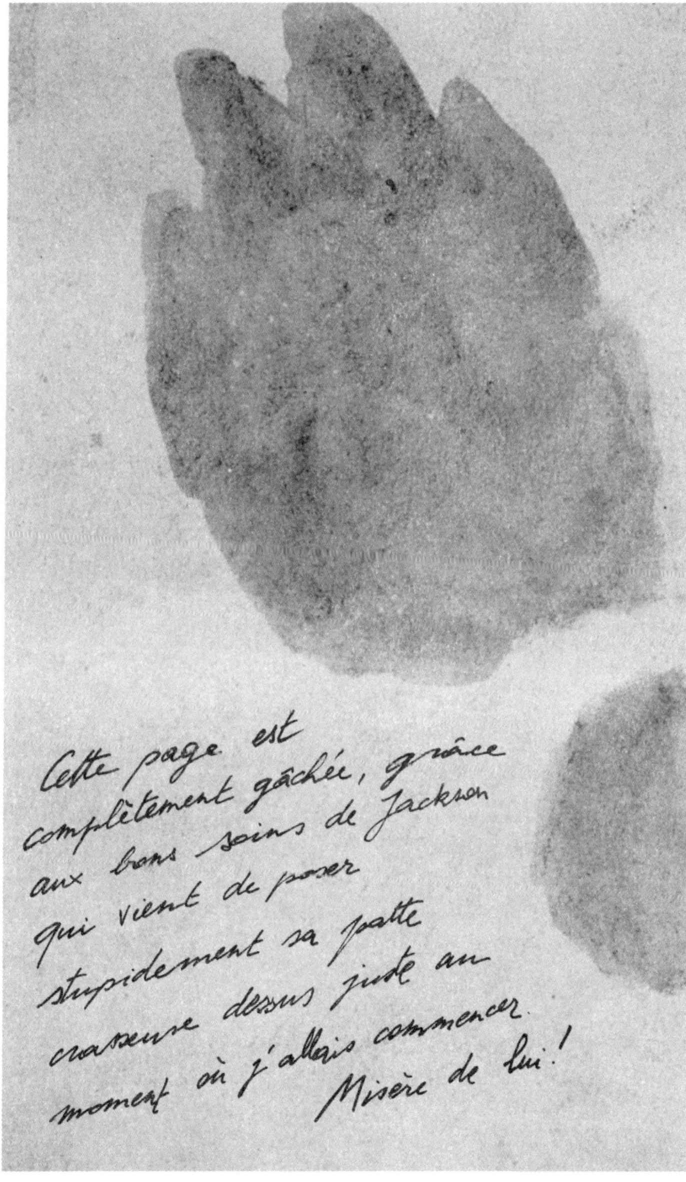
Cette page est
complètement gâchée, grâce
aux bons soins de Jackson
qui vient de poser
stupidement sa patte
crasseuse dessus juste au
moment où j'allais commencer.
Misère de lui!

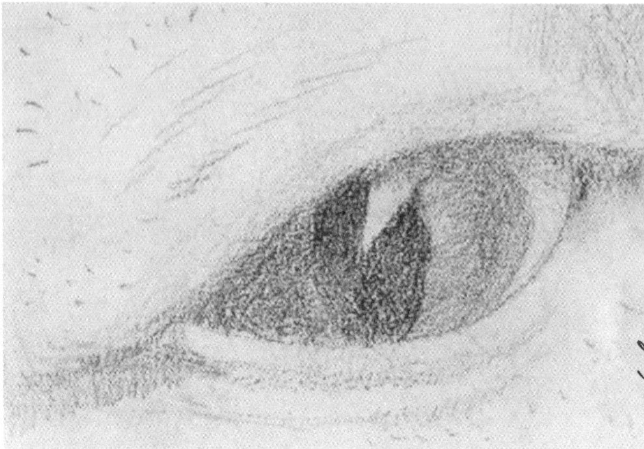

Il m'est arrivé tant de choses depuis que ce n'est pas la peine de les mentionner. C'est le présent qui compte, pas ce qui m'est arrivé <u>avant</u> ce journal - aussi à partir de ma prochaine lettre, je ne parlerai plus jamais du passé.

Mais si tu veux, puisque je suis de bonne humeur, je vais faire quelques pages de dessins pour te montrer le genre de paysages que j'ai traversés en quête de ce dont je <u>sais</u> que tu dois brûler d'entendre parler. Le Lion Blanc. Je suis sûr que toutes les allusions que j'ai faites doivent te mettre l'eau à la bouche et les nerfs en pelote. Mais ne t'énerve pas, il arrive. En attendant, regarde les dessins.

J'ai parfois l'impression que le Lion Blanc m'observe pendant que je le traque. Dans mon imagination, son œil ressemble à ça.

Voilà le genre
de choses que j'ai
vu des tas de fois
dans mes
pérégrinations

Ces régions étaient d'accès difficile,

mais très exitantes. J'y suis resté 3 ans.

J'ai donné à cette cascade le nom de Jackso
qui avait travaillé dur ce jour-là. Mais
après je l'ai regretté.

Voilà le genre
de bêtes qui
m'étaient familières.
En bas de la
page, à gauche,
on voit un bébé crocodile
qui sort de
son œuf.

CINQUIÈME LETTRE

Six jours plus tard

Je t'ai écrit une vraie tartine la dernière fois, mais à présent j'en viens au fait. Dans ma dernière lettre, j'ai promis de ne plus parler du passé, aussi je ne peux pas te raconter comment j'ai réussi à me tirer des griffes d'un serpent des neiges il y a cinq jours (il était aussi grand que la distance qu'il y a entre deux réverbères). C'est dommage que je ne puisse pas te raconter comment je l'ai cloué à un pin avec ma jambe-épée sans pouvoir enlever ni ma jambe, ni moi-même, pendant trois jours, car il a mis un temps fou à mourir. Ma jambe-épée est tellement bien fixée sur moi que je ne pouvais pas me détacher et - Oh, chialerie ! - j'étais juste hors de portée de ses crochets luisants et il me regardait avec des yeux horribles ! Je fus soulagé quand il ferma enfin ses petits yeux rouges, que sa langue venimeuse cessa de trembler à jamais et que je pus enlever ma jambe-épée de sa gorge.

Quelle fringale j'avais, aussi !

C'est une tache
d'eau de vaisselle.
Désolé.

Je suis à présent à des lieues plus loin vers le nord-est et je t'écris d'une grotte creusée dans le flanc d'une colline lugubre. Hier nous avons eu une journée harassante. Il n'y avait dans le paysage que de la neige à perte de vue. Quand Jackson et moi nous sommes assis pour nous reposer, nous avons vu les empreintes de

Dessin de moi en train d'admirer l'aube à l'entrée de ma grotte.

nos pas derrière nous comme une piste jusqu'au bout du monde.

Ce n'était pas la peine de construire un igloo la nuit dernière, car le temps n'était pas tellement froid. Au pied de cette colline il y a une sorte de baie gelée et Jackson a ramassé un plein sac de planches brisées, probablement les vestiges de quelque naufrage.
Elles ont fait un excellent feu.
Je ne l'ai jamais vu sourire, mais il est plein de bonne volonté. Par exemple, il n'a pas protesté lorsque j'ai planté des clous dans sa carapace pour y accrocher le matériel.
Cela ne lui fait pas mal, mais il y a des bêtes qui se formaliseraient.

C'est Jackson qui porte mon appareil photo (un vieux machin lourd qui est mon bien le plus précieux), car mon ambition suprême est de photographier le Lion Blanc : cela prouvera que je l'ai vu. Et si je ne le voyais pas ? Si je ne le voyais JAMAIS ? Quelle déception !
Oh chialasserie ! Ça ferait tout rater.

Mais tu es intrigué, tu te demandes qui est ce Lion Blanc ? Je vais te le dire, neveu. C'est le Seigneur de la Neige. Il y a d'étranges rumeurs à son sujet. Des rumeurs qui ont couru dans le monde entier. Misère de misère ! Je les ai entendues partout, dans la neige comme sur le sable brûlant.

J'approche de son territoire. J'en suis sûr. Je n'ai jamais éprouvé la sensation que j'éprouve en ce moment - la certitude d'être près de lui - car j'ai développé des tas d'instincts que je n'avais pas en Angleterre. Et tous me disent que je suis sur ses talons, que je lui marche presque sur la queue. Je garde l'oeil grand ouvert, et même ma jambe-épée marche à grands pas, comme si elle était douée de cervelle.

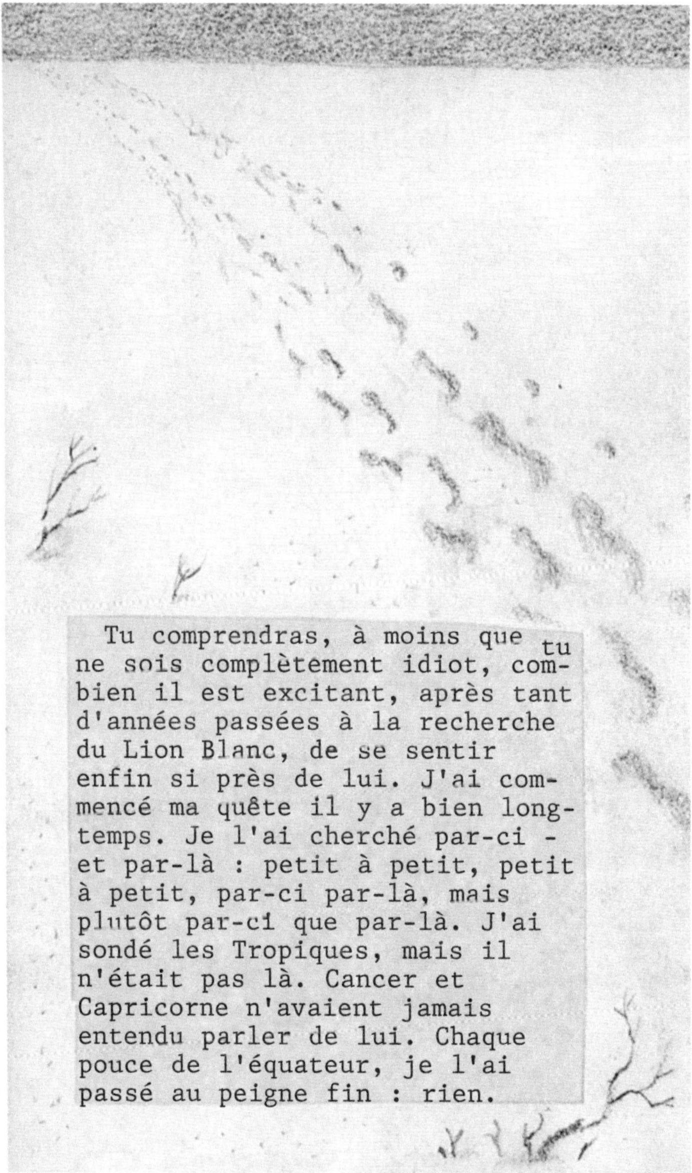

Tu comprendras, à moins que tu ne sois complètement idiot, combien il est excitant, après tant d'années passées à la recherche du Lion Blanc, de se sentir enfin si près de lui. J'ai commencé ma quête il y a bien longtemps. Je l'ai cherché par-ci - et par-là : petit à petit, petit à petit, par-ci par-là, mais plutôt par-ci que par-là. J'ai sondé les Tropiques, mais il n'était pas là. Cancer et Capricorne n'avaient jamais entendu parler de lui. Chaque pouce de l'équateur, je l'ai passé au peigne fin : rien.

Je l'ai cherché partout. J'ai construit des cano~~é~~ës en bois de bouleau,

évidé des troncs de cèdre pour descendre les rapides,

fabriqué des coquilles de noix avec des peaux de bêtes,

fouillé les fleuves dangereux,

construit des wigwams

et des cabanes de rondins

vécu dans des arbres creux et des

grottes montagneuses,

fouillé toutes les forêts qui les entouraient

et poussé mon radeau sur les vagues cauteleuses.

Je pensais parfois que j'étais tout près de son territoire, mais non. J'ai trouvé sept fois son timbre durant mes voyages. Une fois sur une lettre qu'un pygmée pourchassé par un crocodile a laissé tomber sur le sol avant de se réfugier dans un arbre. Ce timbre à l'effigie du Lion n'a fait qu'enflammer mon imagination. J'ai redoublé d'ardeur. Oh misère, mes pérégrinations rempliraient un livre aussi gros que la Bible.

Je vais aller me coucher à présent. Je suis sûr que demain il se passera quelque chose d'excitant.

Lettre suivante (6e)

Il est neuf heures du soir et je suis mort de fatigue. Je n'ai pas très envie d'écrire. Je pensais qu'il se passerait quelque chose aujourd'hui - mais il ne s'est rien passé. Nous n'avons fait que marcher, marcher, toujours marcher dans la neige aveuglante. Jackson n'a pas cessé de me taper sur les nerfs. Il trébuchait sur chaque monticule, et j'ai passé ma journée à le relever. Une immense mer noire peuplée d'icebergs s'étendait sur notre gauche ; j'ai arrêté Jackson pour épingler ma feuille sur sa carapace, mais il n'a rien compris, il avançait chaque fois que mon crayon allait atteindre le papier. Il y a des moments où je préférerais être seul.

Jour suivant (Septième lettre)

Rien à raconter. J'étais pourtant sûr qu'il allait se passer quelque chose aujourd'hui. Neige, neige, neige. Chialerie de chialerie ! Le blanc commence à me rendre malade. Suis épuisé. Ne pense pas que je me laverai ce soir.

Soir suivant (huitième)

Rien à raconter. Jackson tousse horriblement. Ça m'énerve.

Soir suivant (9e)

Je n'en peux plus. La toux de Jackson a encore empiré. Bonne nuit.

Soir suivant (Dixième)

Je ne comprends pas pourquoi rien d'important n'arrive, car je suis sûr que je suis tout près du Lion Blanc. Je le sens dans tous mes os, y compris ma jambe-épée. Il y avait sept pistes aujourd'hui et nous en avons suivi six. Rien ! Nous suivrons la dernière demain.

Je suis désolé que mes deux dernières lettres aient été si courtes. Jackson tousse un peu moins. Ce soir, une drôle de lumière verte a envahi le ciel. Je me demande ce qu'elle annonce.

Quatre jours plus tard

Pour être excitante, la journée d'hier l'a été. Je voyageais sur la neige dans un traîneau que je venais juste de construire (et que Johnson tirait) quand nous entendîmes soudain une plainte. Nous étions dans une région encore plus désolée que d'habitude, la neige s'élevant en de vastes montagnes mortellement silencieuses. En dépit du silence, la plainte devint de plus en plus forte et, quand elle parut être autour de nous, des nuées de petites créatures apparurent à l'horizon, inondant les collines et se tordant les mains dans leur fuite.

Je compris aussitôt qu'elles fuyaient la scène de quelque tragédie arctique. La neige, qui tout à l'heure était immaculée, était maintenant noire de bestioles.

Elles disparurent soudain et il ne resta rien que leurs petites empreintes, comme de la vérole sur la neige. Un frisson glacé me parcourut le dos car le silence était d'un seul coup revenu et il était aussi blanc et aussi vide que la neige avant les empreintes.

La plainte des bestioles avait dérangé les éléphants de ~~ma~~ mer et certains d'entre eux brisèrent le sol de glace et passèrent leur sale tête à travers la neige dans les vallées où elle était la moins épaisse. Puis ils se mirent à beugler comme s'ils se tordaient de douleur ou comme s'ils venaient de réaliser qu'une tragédie se déroulait quelque part.

DOUZIÈME LETTRE

Semaine suivante

Je t'ai dit dans ma lettre de la semaine dernière que j'avais vécu une journée excitante, mais quand j'y repense elle me paraît plutôt morne. C'est que, depuis, je suis entré dans le vif de la gloire. Je vais te raconter tout ça. Je n'ai pas pu t'écrire ces derniers jours car j'ai eu trop de choses à faire. J'ai voulu le faire hier soir, mais après avoir allumé mon feu je me suis senti trop fatigué. Et pourtant je n'ai pas pu fermer l'oeil de la nuit car mes aventures me trottaient dans la tête. Mais je suis plein d'énergie ce matin et je viens de finir mon petit déjeuner : une soupe de léopard de mer aux oeufs de pingouin. Je me suis également occupé de bander toutes les blessures de Jackson ainsi que les quatre que j'ai reçues hier.

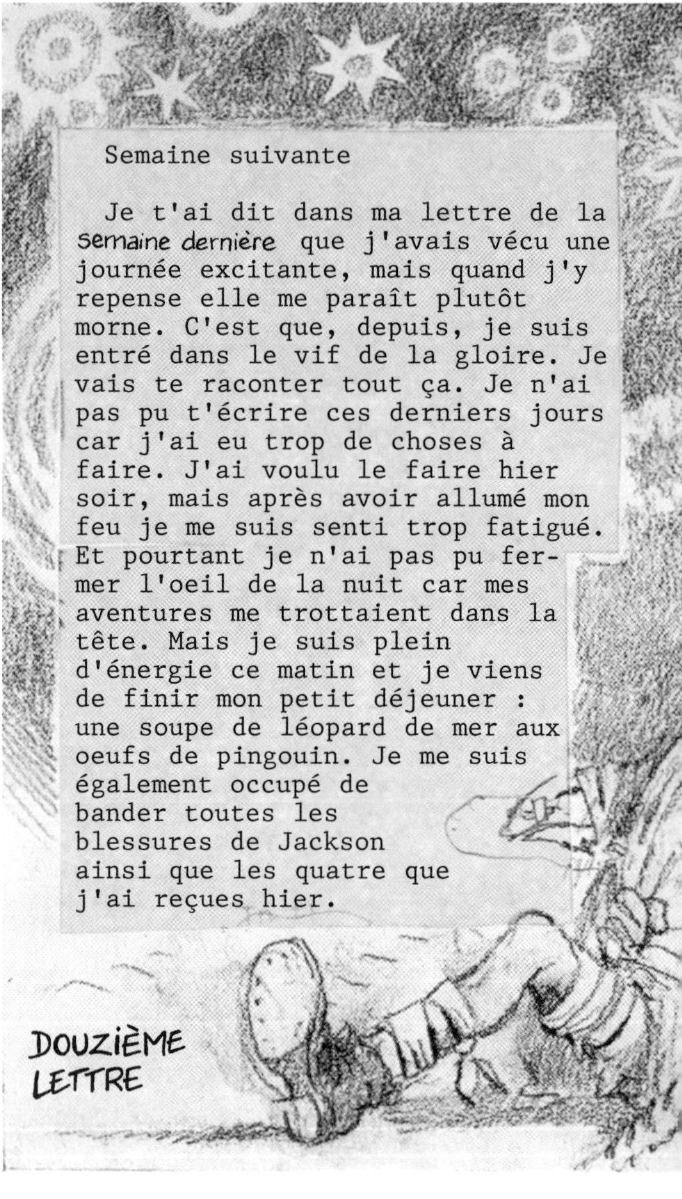

Hier à l'aube j'ai senti qu'il y avait quelque chose d'inflammable dans l'air et mon estomac s'est mis à faire des bulles comme s'il était rempli de soda.

Avant tout, tandis que le soleil se levait, lilas et vert au-dessus de l'horizon de neige sombre, j'ai commencé à préparer mes armes : mon appareil et ma jambe-épée, que j'ai longuement affûtée. Puis j'ai harnaché Jackson. Même lui semblait comprendre qu'un danger rôdait, ce qui le rendit encore plus empoté que d'habitude.

A proprement parler, rien n'annonçait que ce jour serait différent des autres. La même couche de neige épaisse couvrait toute chose. Pourtant l'image du Lion Blanc, l'Unique lion fabuleux qui vit dans la zone arctique, me possédait complètement et il me semblait que mon cerveau était rempli de sa blancheur.

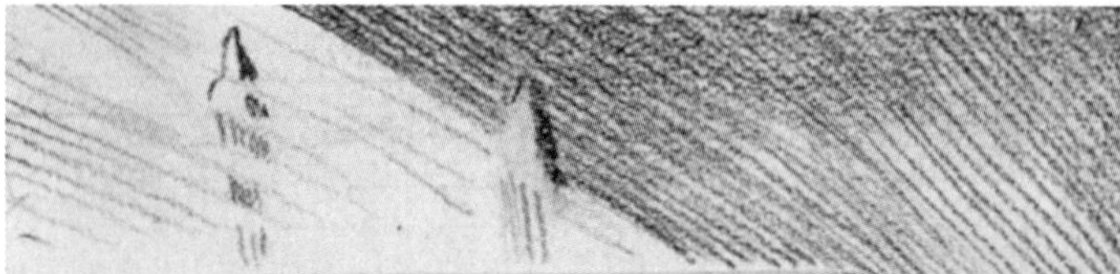

Nous nous sommes mis en route sous un soleil qui devenait de plus en plus gros et de plus en plus rouge. Vers neuf heures, la neige devint dure sous nos pas ; j'enlevai le bouchon qui protégeait l'extrémité de ma jambe-épée. Profitant de cette halte, je bourrai ma pipe de tabac d'orchidée dans les solitudes du monde. Nous repartîmes dans une neige qui durcissait à chaque pas. Elle prit une couleur vert-noirâtre et devint aussi dure que du marbre, et ma jambe-épée se mit à produire des étincelles en heurtant bruyamment le sol.

Jackson glissait sans arrêt et je m'apprêtais à le relever pour la vingtième fois lorsqu'il fila sur la glace. Je compris soudain qu'il allait de plus en plus vite car il glissait sur une pente et rien ne pouvait l'arrêter. Pis encore, il filait droit sur une crevasse.

Comment j'ai fait pour le

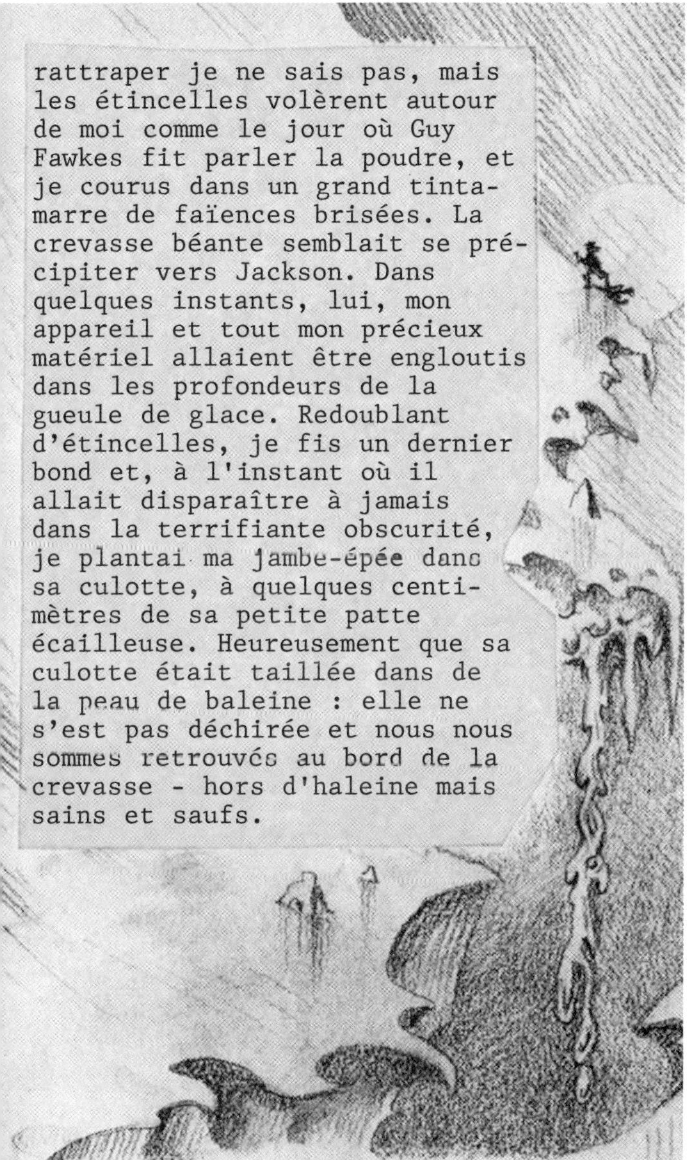

rattraper je ne sais pas, mais les étincelles volèrent autour de moi comme le jour où Guy Fawkes fit parler la poudre, et je courus dans un grand tintamarre de faïences brisées. La crevasse béante semblait se précipiter vers Jackson. Dans quelques instants, lui, mon appareil et tout mon précieux matériel allaient être engloutis dans les profondeurs de la gueule de glace. Redoublant d'étincelles, je fis un dernier bond et, à l'instant où il allait disparaître à jamais dans la terrifiante obscurité, je plantai ma jambe-épée dans sa culotte, à quelques centimètres de sa petite patte écailleuse. Heureusement que sa culotte était taillée dans de la peau de baleine : elle ne s'est pas déchirée et nous nous sommes retrouvés au bord de la crevasse - hors d'haleine mais sains et saufs.

Mais comment faire pour la traverser, cette crevasse ? Elle bâillait devant nous, effrayante et noire, aussi large qu'un court de tennis. Ce n'était pas la peine de compter sur Jackson. Il ne serait d'aucune utilité. Sa manière idiote de s'asseoir et d'attendre, les yeux fixés sur moi, que quelque chose se passe, m'énervait au maximum. Pour tout arranger, le ciel vomit une nuée de vautours arctiques - immenses oiseaux au corps aussi gros que celui d'un chien. Ils descendirent du ciel et tournoyèrent hideusement autour de nous, serres béantes et becs ouverts comme des ciseaux à deux doigts de nos cheveux. Puis ils

remontèrent soudain dans un nuage d'affreuses plumes et ne furent plus que des points dans le ciel glacial.

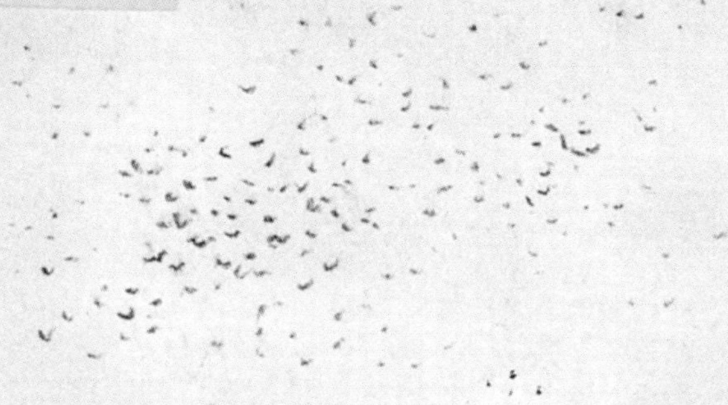

Nous pensions être libérés d'eux, mais ils fondirent de nouveau sur nous avec des cris affamés. Cette fois-ci, je m'étcndis sur le dos et levai ma jambe-épée pour me protéger.

Mais ils l'aperçurent à temps et firent une embardée autour de ma tête, me balayant la figure de leurs longues plumes grises.

Quand les grands oiseaux passèrent en rase-mottes, je remarquai qu'ils traversaient la crevasse avant de s'élever et de ~~de~~ disparaître au zénith à puissants coups d'ailes. Je me rappelai alors que ces effrayants volatiles ne se nourrissaient que de charognes. Ils attendaient que nous mourions. J'eus une idée et dis à J. d'attacher la moitié du matériel à l'une de ses jambes tandis que j'attachai l'autre moitié à l'une des miennes - à la mienne, puisque je n'en avais qu'une - et nous nous sommes allongés sur la glace après que j'eus expliqué plus de dix fois à J. ce qu'il devait faire.

Misère de moi ! Qu'il est lent, mais lent !

Quand les vautours redescendirent du ciel, nous étions raides et immobiles. Nous les observions du coin de nos paupières mi-closes : leurs ailes battaient bruyamment, leurs becs étaient grands ouverts et leurs longs cous décharnés tremblaient d'avidité.

A l'instant où les oiseaux fondaient sur nous, nous avons bondi sur nos pieds et, avant qu'ils aient pu infléchir leur vol, nous nous sommes accrochés aux pattes des volatiles les plus proches. Comme nous étions

des poids lourds pour eux, ils
purent juste nous transporter de
l'autre côté de la crevasse en
battant frénétiquement des ailes
Cela nous allait comme un gant
car, une fois le gouffre tra-
versé, il ne nous restait plus
qu'à lâcher leurs pattes pour
atterrir en douceur sur le sol.

Dès que nous les eûmes lâchés, les vautours filèrent si rapidement qu'ils furent hors de vue avant que nous ayons eu le temps de nous relever. Nous ne les avons jamais revus, ni eux, ni aucun de leurs hideux congénères. Nous étions bien trop vivants pour eux.

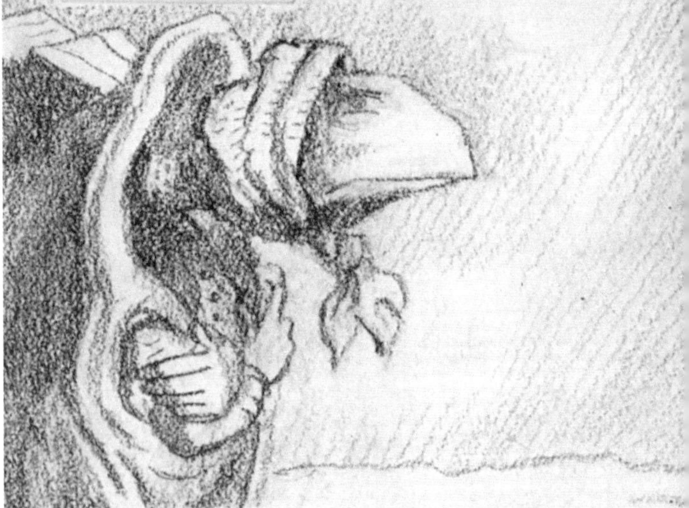

Il était presque 10 heures. Le soleil était un ballon écarlate qui pendait au-dessus de nos têtes, laissant le ciel loin derrière lui. Mais il ne donnait aucune chaleur. Ou, s'il en donnait, je ne la sentais pas, ni J. qui tremblait de tous ses membres..

Pour suivant notre marche (j'ai oublié de dire que notre traîneau avait été mis en pièces par

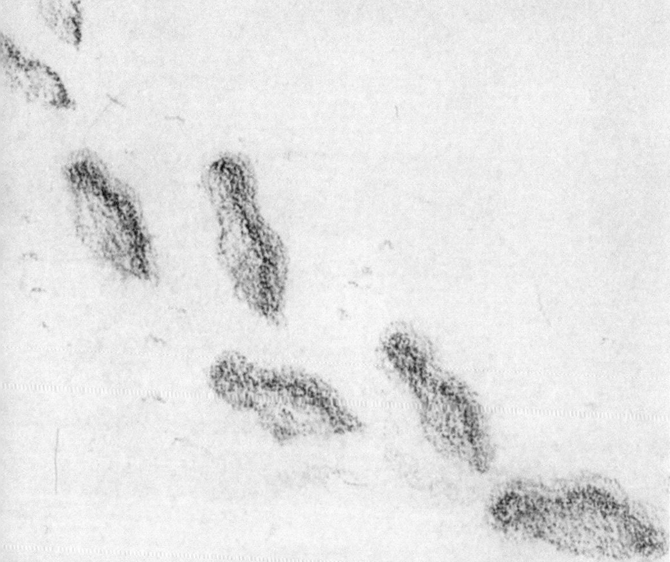

un élan) nous nous aperçûmes que le sol se couvrait de bosses et que la glace disparaissait peu à peu, faisant place à un sol moins ferme, puis à la neige profonde. C'était une région dangereuse ; je le sentais dans tous mes os, particulièrement l'épine dorsale et les omoplates. Je scrutais les alentours sans relâche. J. ne sentait rien du tout et marchait à côté de moi, laissant dans la neige les marques exaspérantes de ses petits pieds en forme de poisson.

La neige était si profonde que j'ai dû enlever le bouchon à l'extrémité de ma jambe-épée afin de marcher plus facilement.
La journée avait été calme et silencieuse, mais il se produisit soudain une sorte de bruissement, une agitation sur la neige autour de nous, puis le premier souffle glacé d'un vent terriblement dangereux.

Je m'arrêtai aussitôt. Ce n'était pas un vent ordinaire ; il ne semblait pas venir d'une direction déterminée, c'était plutôt comme de la chair de poule partout sur la terre. J'ai donné l'ordre à Jackson de venir près de moi. Le vent était plus chair de poule que jamais et la neige commençait à fuir sous nos pieds, de sorte qu'il était difficile de garder l'équilibre. Il n'y avait qu'une chose à faire dans cette immensité : c'était de creuser. En quelques minutes nous avons creusé un trou et, bien qu'il fallût sans cesse écoper la neige, nous étions plus à l'abri dans notre trou. Je me levai et risquai un oeil à la surface, mais une rafale d'air tourbillonnante faillit m'arracher mon chapeau melon. Comme je l'ai dit, c'était un vrai tourbillon ; dans le court instant où je sortis la tête hors du trou, je vis flotter dans l'air de grandes nappes de neige qui se mirent à tourner de plus en plus vite autour d'une colonne blanche qui se formait en leur centre.

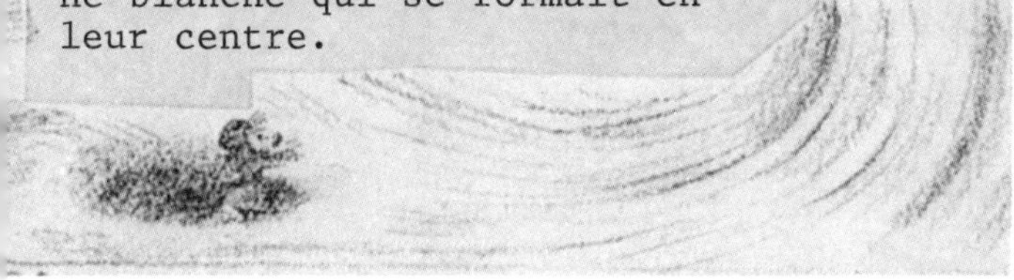

Et toute la neige en folie était à présent aspirée dans une seule direction - vers cette colonne blanche qui devenait de plus en plus haute et avait la forme d'un entonnoir, un immense entonnoir blanc de neige tourbillonnante, si élevé que j'avais beau me tordre le cou, je n'en apercevais pas le sommet. Et alors, misère de chialerie ! Je vis que la neige commençait à

être aspirée sous nos pieds et tout autour de nous, et pire que ça, que nous commencions nous-mêmes à être aspirés par le maelström. Nous n'avions aucun point d'appui. Jackson s'accrochait à ma jambe, ce qui ne facilitait pas les choses. Je me mis à creuser comme un fou dans la neige. A chaque instant c'était plus difficile car il semblait qu'une grande main invisible nous tirait et, soudain, mon appareil photo fut aspiré par la tourbillonnante colonne.

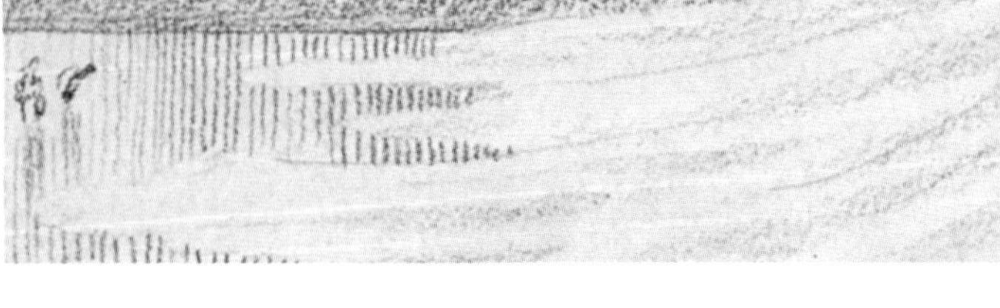

Je le revois encore filer à toute allure sur le sol au milieu du tourbillon blanc et je me souviens de mon spasme d'horreur à l'idée que j'allais à mon tour être entraîné dans une mort certaine.

Mais je creusai sans relâche et, tout d'un coup, mes mains rencontrèrent quelque chose de dur et de lisse comme de la glace. C'était de la glace.

Mon cerveau se mit alors à marcher aussi vite que le maelström ! J'enlevai le bouchon qui protégeait l'extrémité de ma jambe-épée et me mis à frapper avec ce harpon

la surface
brillante
de la
glace
.

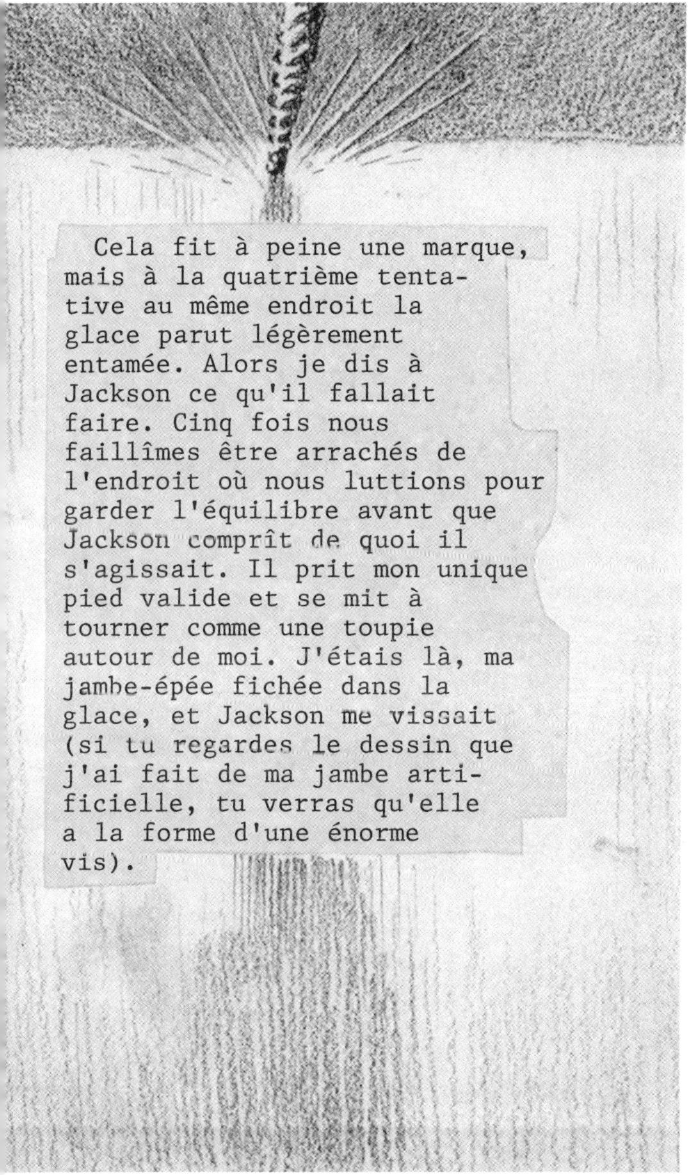

Cela fit à peine une marque, mais à la quatrième tentative au même endroit la glace parut légèrement entamée. Alors je dis à Jackson ce qu'il fallait faire. Cinq fois nous faillîmes être arrachés de l'endroit où nous luttions pour garder l'équilibre avant que Jackson comprît de quoi il s'agissait. Il prit mon unique pied valide et se mit à tourner comme une toupie autour de moi. J'étais là, ma jambe-épée fichée dans la glace, et Jackson me vissait (si tu regardes le dessin que j'ai fait de ma jambe artificielle, tu verras qu'elle a la forme d'une énorme vis).

Un tour, deux tours, dix tours, Jackson allait de plus en plus vite et ma jambe s'enfonçait toujours plus .

profondément dans la croûte glacée. J'étais vissé jusqu'à la hauteur du genou lorsque, poussant un rugissement rauque, la neige qui restait sur le sol fut à perte de vue aspirée par le maelström qui monta comme une vague à d'incroyables hauteurs avec un cri de mammouth à l'agonie. Soudain le phénomène cessa aussi brutalement qu'il avait commencé. Il se fit un silence mortel. Tout était immobile. Même la colonne de neige parut un instant être une colonne de marbre.

Cela ne dura qu'un instant ; le silence fut brisé au moment où l'oreiller de neige commença à tomber, écrasé à mort par un énorme poids de blancheur. Et tandis qu'il tombait quelque chose prit rapidement forme : un cône de neige d'une blancheur éblouissante se dressa contre le ciel, dans un silence absolu, sans qu'un seul flocon eût été dérangé !

Nous étions là. Le monde autour de nous n'avait plus le

moindre grain de neige. Il s'était transformé en un paysage noir et brillant, flanqué loin sur la droite de l'énorme colline blanche. Cela faisait un tableau saisissant, mais Jackson le contemplait d'un air aussi idiot que d'habitude et son manque d'intérêt me donna envie de lui flanquer des claques.
Mais ce n'était pas le moment. J'avais besoin de lui car il fallait qu'il me dévisse.

Le plus embêtant était la perte de mon appareil. Nous l'apercevions comme un point minuscule au sommet

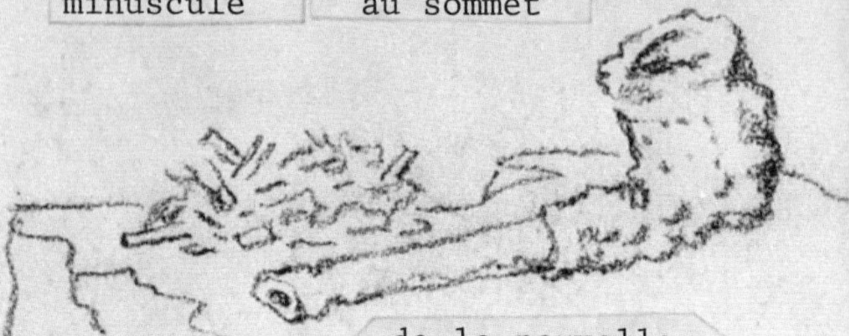

de la nouvelle montagne, mais il était impossible de le récupérer non seulement parce que l'ascension serait interminable, mais parce que la neige molle céderait sous mon poids et m'entraînerait dans ses profondeurs. Dieu merci, j'avais toujours ma machine à écrire !

Mon édredon avait été déchiré dans la bataille et le maelström m'avait chipé une certaine quantité de précieux tabac de tiges d'orchidées ; je l'ai reprisé avec mon aiguille d'os et du boyau de poisson-chat, dont je me sers en guise de fil, et nous nous sommes remis en route.

Cette lettre commence à devenir longuette, aussi je la continuerai demain, après avoir bien dormi car, comme dit le proverbe, je dors littéralement debout. Je t'écrirai la suite des événements demain.

Bonne nuit, neveu. J'ai les yeux qui se fer... ment.

Ton Oncle.

Lettre N°13.
Il n'était pas beaucoup plus de onze heures lorsque J. et moi nous sommes mis en route sur la glace noire. Le maelström n'avait pas duré plus d'une demi-heure. Une obscurité presque sépia nous entourait et j'eus de nouveau
l'intuition que nous entrions dans un territoire dangereux.

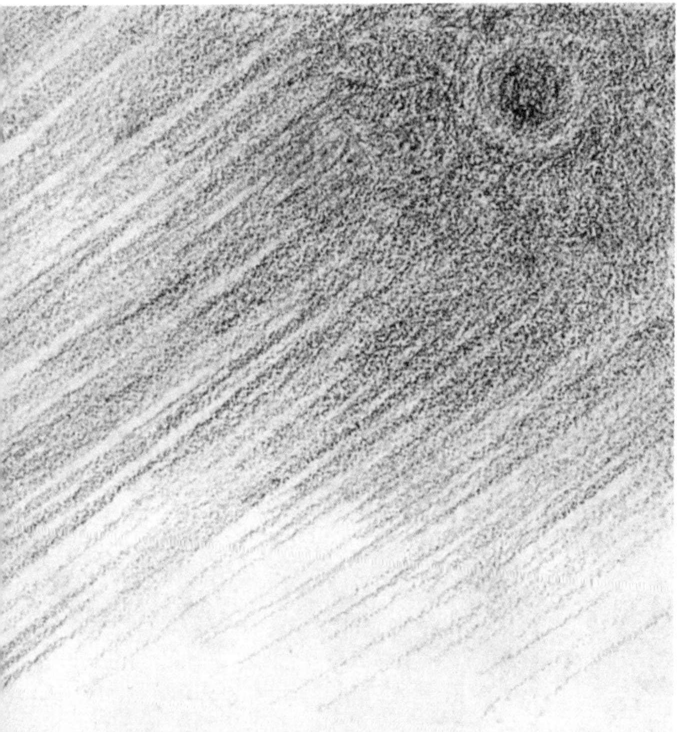

Il était bientôt l'heure de déjeuner, mais je pensais qu'il serait plus agréable de déjeuner au milieu des rochers, sur un iceberg ou sur la corniche d'un glacier qu'au milieu d'un champ de glace où on ne voit rien d'autre à perte de vue. On risque de se faire remarquer, surtout avec Jackson qui mange si bruyamment et s'asperge le menton de jus à chaque repas.

Nous avons donc continué à marcher jusqu'à un glacier, un cirque de roches désolées qui s'ouvrait devant nous. Au milieu du cirque se tenait le propriétaire, le plus velu et le plus blanc des ours polaires que j'aie jamais vus. Je ne savais pas qu'il en existait d'aussi gigantesques. Il avait des pattes énormes et chacune de ses griffes était comme un couteau à découper. Dans sa tête hirsute, deux petits yeux mauvais brillaient comme des framboises.

Impossible de faire marche arrière. Il nous avait vus. Avec un grognement qui fit verdir Jackson il se mit debout sur ses pattes arrière. Puis il rugit, et les rochers tremblèrent et des blocs de glace se détachèrent des rochers, tandis que des centaines d'échos répercutaient le rugissement.

Jackson tremblait comme une feuille et je me demandais ce que j'allais bien pouvoir faire pour sauver nos vies.

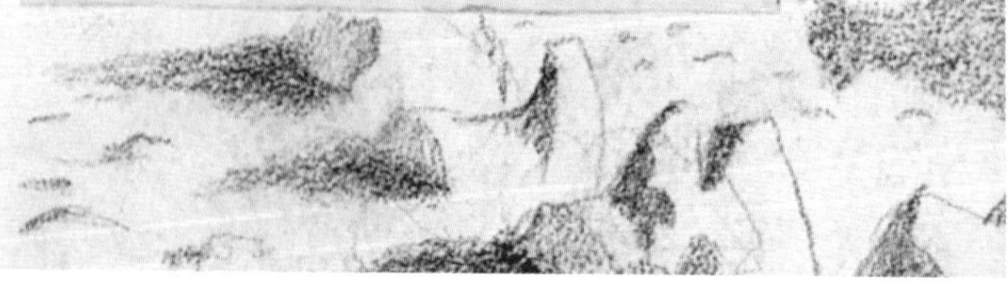

J'avais laissé mon harpon derrière la porte de la grotte - ce qu'il ne faut jamais faire -, mais il ne m'aurait pas été très utile contre un tel monstre. Je ne pouvais pas non plus le poignarder avec ma jambe-épée qui ne lui arrivait pas au genou. Je savais comment les ours tuent les gens. Ils les prennent dans leurs immenses bras blancs et velus comme s'ils voulaient les embrasser et ils les étouffent à mort.

Je savais qu'il était inutile de fuir car, avec ma jambe-épée, l'ours m'aurait facilement rattrapé. J'attendis, m'en remettant à l'inspiration du moment.

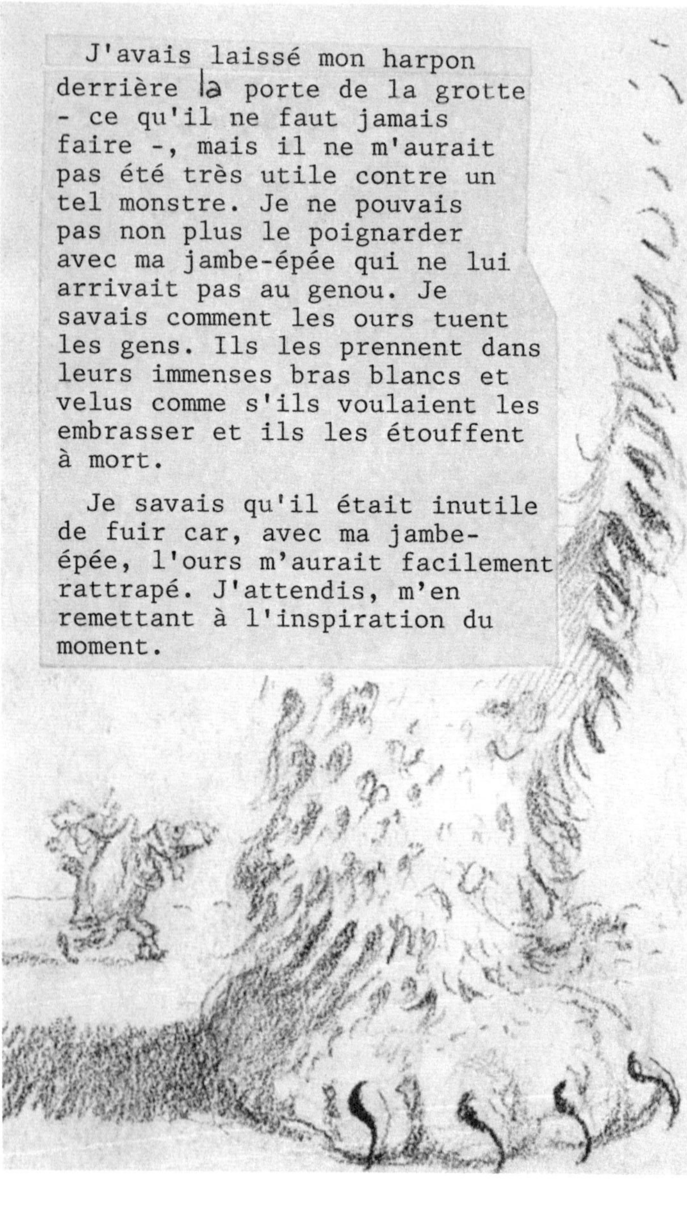

L'ours s'avança vers moi en se dandinant et ouvrit la gueule ; j'aperçus alors des régions humides et pourpres dont je n'aime pas me rappeler. Je regardai sans broncher son énorme tête blanche et ses mauvais petits yeux framboise. Je fis même un pas en avant, bien que je n'aie encore pris aucune résolution.

Soudain, ses bras immenses m'entourèrent et, soulevé du sol, je me retrouvai serré contre sa poitrine. Ses poils, qui étaient comme le pompon d'une ceinture de robe de chambre, me recouvrirent la figure. Je savais que

da ns quelques instants cette embrassade deviendrait mortelle.

Que faire ? Comme j'avais également les bras autour de lui - enfin, à moitié - je me mis à lui chatouiller les aisselles. Je m'attendais à être étouffé d'un moment à l'autre, mais, avant qu'il ait eu le temps de se remettre de sa surprise, je poursuivis mon chatouillis ; un frisson lui parcourut le corps.

C'était peut-être une illusion, mais il me sembla que ses bras relâchaient un peu leur étreinte et que son corps était parcouru de légers soubresauts. Je concentrai toutes mes forces, car chatouiller un ours polaire est une épreuve épuisante, et, bandant les muscles de mes doigts, je le chatouillai de plus belle. C'était la première fois que je chatouillais quelqu'un et, à mesure que je persévérais, je sentais que les soubresauts étaient de plus en plus violents. Mon adversaire se mit bientôt à se tortiller, la tête rejetée en arrière et les yeux clos. Mais je ne faiblis pas. Mes doigts douloureux continuèrent leur travail et,

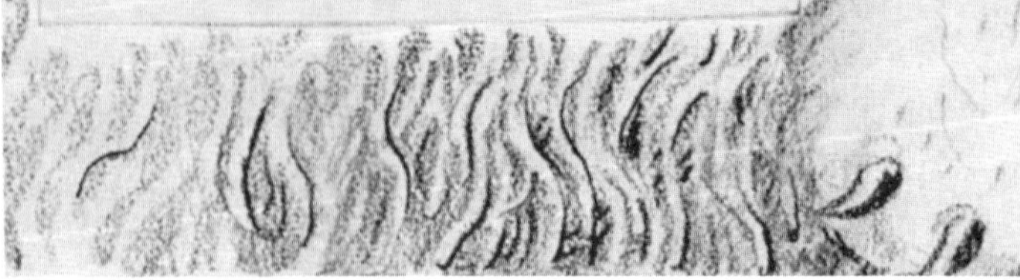

soudain, je sentis une convulsion colossale et j'entendis au-dessus de ma tête un éclat de rire perçant au milieu des poils.

De nouveau, d'incontrôlables tortillements secouèrent la fourrure de l'ours et un éclat de rire tonitruant jaillit de sa gorge. Ses bras affaiblis retombèrent le long de son corps et je me retrouvai par terre tandis que mon adversaire, les jambes flageolantes, roulait sur le dos, secoué par les convulsions d'un rire si terrible que je me dis que c'était le moment où jamais de prendre la poudre d'escampette.

Aussi Jackson et moi l'avons-nous laissé au milieu de sa grande caverne de glace, battant faiblement le sol de ses pattes, son gros corps blanc secoué de soubresauts à mesure que ses éclats de rire devenaient plus perçants et se mêlaient aux échos du glacier.

Nous n'avions toujours pas dîne, mais nous avons préféré mettre au moins douze glaciers entre nous et l'ours polaire avant d'allumer un feu et de préparer notre repas.

L'heure du thé était passée lorsque nous sommes arrivés, J. et moi, dans cette étrange région de cristal où tout ce que j'avais rêvé - tout ce pour quoi j'avais parcouru le monde - allait arriver. Mais d'une manière si différente de ce que j'attendais. Et tellement triste aussi ; J. n'a rien compris, évidemment. Chialerie de chialerie ! Il est exaspérant chaque fois qu'il y a de la tragédie dans l'air. Il ne remarque jamais rien.

Mais l'air était imbibé de tragédie, de magie, de danger. J s'est contenté de renifler la brise et il a marché un peu plus près de moi que d'habitude

Nous étions dans une région déchiquetée. Devant nous, et de chaque côté, de hauts clochers de glace brillaient à l'horizon comme si nous approchions d'une ville aux mille églises de verre.

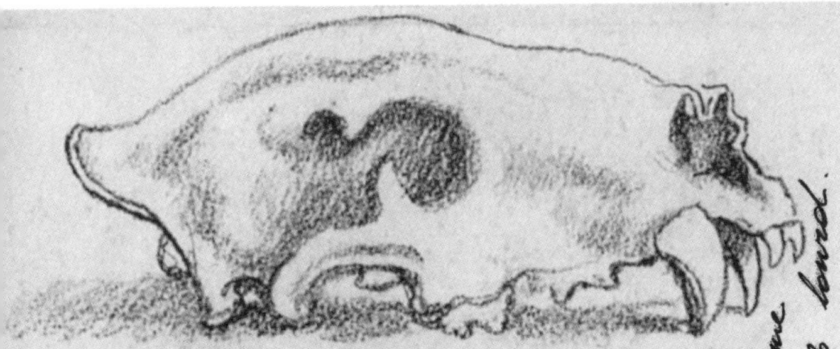

Nous avions laissé derrière nous les pentes couvertes de neige et jonchées de crânes d'ours et de mâchoires de baleine, nous progressions de nouveau sur de mornes plaines de glace. C'était une glace terne et semblable à do la pierre, mais elle semblait devenir de plus en plus claire et brillante, à tel point que ça nous a étonnés. Tout, autour de nous, devenait éclatant. Comme si quelqu'un avait allumé la lumière électrique. Mais ce n'était pas une lumière qui venait du dessus, pas celle du ciel, qui était encre bleue, mais une lumière qui venait de dessous la glace sur laquelle nous marchions. Elle était devenue verte - comme une pomme pas mûre - et transparente - si transparente que je me mis à cligner des yeux et à tripoter nerveusement mon duvet. Le dessous du visage de Jackson en était aussi tout éclairé.

Voilà le crâne d'une panthère polaire - probablement l'unique spécimen - je l'ai trimbalé un moment avec moi, mais il était trop lourd.

Il semblait que nous marchions dans les airs. Juste au-dessous de nous, il y avait trois poissons avec des dents comme des pierres tombales, un requin à l'horrible ventre blanc et une pieuvre avec des taches rouges et des yeux larges comme des assiettes à soupe. Lorsque J. vit ces monstres sous nos pieds il grimpa sur mon édredon et s'y blottit, frissonnant et gémissant d'effroi.

Il y avait des macareux qui nous regardaient tout le temps - ça devenait gênant.

J'ai dû le porter longtemps avant de pouvoir se remettre sur ses pieds. Avec tout l'attirail qui était cloué sur son dos, il n'était pas facile de le porter. Il n'arrivait pas à comprendre que les monstres marins, même s'ils en donnaient l'impression, ne pouvaient pas nous atteindre à travers la mince pellicule de glace verte.

J'ai enfin réussi à le poser par terre et nous avons continué notre chemin sur la glace qui brillait ici, puis là, puis là-bas, de lumières écarlates, jaunes et argentées, quand les monstres marins montaient de profondeurs vert pomme et brûlaient comme des torches à travers une vitre.

De toutes les églises aux clochers de verre étincelants, il y en avait une qui était de loin plus vaste et plus haute que les autres. Il semblait aberrant de diriger nos pas dans une autre direction. Près du grand corps de verre de

l'église s'étendait une île de neige, couronnée en son milieu par une longue bosse de forme singulière. Je ne me demandai pas pourquoi cette silhouette allongée avait une forme si excitante, mais je me dis qu'il serait bon d'escalader ce monticule afin d'admirer la vue qui s'étendait tout autour avant d'explorer les flèches de cristal de la cathédrale étincelante.

Quelques minutes plus tard nous étions jusqu’au genou dans l'île neigeuse qui se reflétait sur la glace verte. Mais nous n'avions pas encore atteint le blanc monticule que je commençai à me sentir plus que bizarre.

Toutes sortes de souvenirs se télescopèrent dans ma tête. Je pensai aux Tropiques, à des rivières fumant sous le soleil d'Afrique et au Fleuve Jaune qui faillit engloutir la Chine. Je pensai soudain à toutes sortes de choses, et surtout au Lion Blanc dont la présence obsédante avait changé ma vie et fait de moi l'un des plus grands explorateurs que le monde ait jamais connus.

Et chaque fois que je pensais au Lion Blanc, mon coeur se mettait à battre comme le gong d'un brigand. Je ne m'étais jamais senti comme ça et je me demandais ce qui m'arrivait.

Je regardai à droite et à gauche mais ne remarquai rien qui pût me mettre dans un tel état.

Il va peut-être y avoir un tremblement de terre, pensai-je, ou l'éruption d'un volcan ou même une avalanche. Mais l'air était mortellement silencieux.

Rien ne bougeait. J'écoutai de nouveau en penchant la tête sur le côté, puis en collant l'oreille contre le sol (ce qui est le meilleur moyen), mais je n'entendis rien.

Jackson fronçait sans arrêt les narines et avait l'air plus ridicule que jamais. Je ne fis ni une ni deux, lançai un ordre à Jackson et nous commençâmes à escalader le monticule qui semblait briller d'un éclat plus blanc que n'importe quoi d'autre dans le paysage.

La neige devint immédiatement moins profonde : nous n'en avions que jusqu'aux chevilles et, quelques minutes plus tard, même nos bottes étaient découvertes. A notre arrivée dans l'île de neige j'avais mis le bouchon à l'extrémité de ma jambe-épée, mais durant l'escalade elle sembla glisser plus que d'habitude, tout comme ma jambe ordinaire d'ailleurs. Une fois en haut, nous regardâmes autour de nous, mais ni Jackson ni moi ne découvrîmes la raison de l'excitation que nous ressentions tous les deux, à chaque instant plus pressante - car même Jackson ne tenait pas en place et reniflait le blanc tapis sur lequel nous avions grimpé en marmonnant des choses dans sa barbe.

Nous nous sommes assis, ressentant pour la première fois de la journée une agréable chaleur. Nous avons même enlevé nos gants car la neige elle-même semblait nous prodiguer de la chaleur, ce qui n’arrive pas tous les jours. J’ai enlevé mon chapeau melon et je me suis gratté la tête. Puis je l'ai remis. J'ai de nouveau regardé l'île neigeuse qui s'étendait au-dessous de nous et senti le furieux désir d'y redescendre le plus vite possible sans que je puisse savoir pourquoi. Misère de chialerie de chialerie de misère ! Mais c'était bizarre. C'était plus que bizarre - et mon épine dorsale était en train de danser la gigue.

Pour me calmer j'ai sorti ma pipe et, après avoir trouvé le trou dans l'édredon, j'en ai retiré une poignée de tabac d'orchidée et j'ai commencé à fumer. Et alors ! alors ! quelque chose s'est mis à trembler.

Mais ce n'était pas moi - et ce n'était pas Jackson.

Le sol tremblait au-dessous de nous ! Au-dessous de nous !

Le tremblement venait de la chaude colline blanche. J'ai crié à Jackson : "C'est un tremblement de terre ! Attache tes lacets !" car même sans tremblement de terre, il trébuchait sans arrêt. Mais je n'avais pas plus tôt crié que je m'aperçus que je m'étais trompé. La terre n'aurait pas tremblé sur une seule colline, mais sur des lieues à la ronde. Or la montagne de verre et tous les clochers de glace n'avaient pas bougé d'un pouce. Pas un glaçon n'avait tinté. Rien n'avait rompu le silence de mort.

Je suis un champion pour faire des

Nous avons bondi sur nos pieds et cette fois j'étais déterminé

à redescendre sur la neige le plus vite possible. Suivant une sorte d'instinct qu'il n'avait jamais manifesté, Jackson dégringolait déjà la pente, faisant un tintamarre du diable avec la machine à écrire, les poêles, les portemanteaux et tout le bazar qu'il avait sur le dos.

Je m'apprêtai à le suivre lorsque le bouchon qui me tenait lieu de
pied perdit son point d'appui ; je me retrouvai cul par-dessus tête, dévalant la pente de la colline blanche. Mais je n'avais pas encore atteint la neige que la colline frissonna de nouveau et commença
À SE LEVER !

J'atterris dans la neige profonde, ma tête seule émergeant à la surface. Elle était tournée du mauvais côté et j'étais en train de contempler Jackson qui semblait ricaner en cachant la figure derrière sa main. Je me dis que c'était impossible car je n'avais jamais vu aucune trace d'expression sur son visage (sauf peut-être lorsque l'ours m'avait pris dans ses bras, il m'avait semblé apercevoir le même rictus sur ses lèvres, mais j'avais pensé qu'il était nerveux ou qu'il avait la colique). Je tournai la tête par-dessus mon épaule gauche et là, contre le ciel, la crinière ondulant dans un nuage de fumée blanche et les yeux semblables à des écuelles de feu doré, se tenait le Lion Blanc.

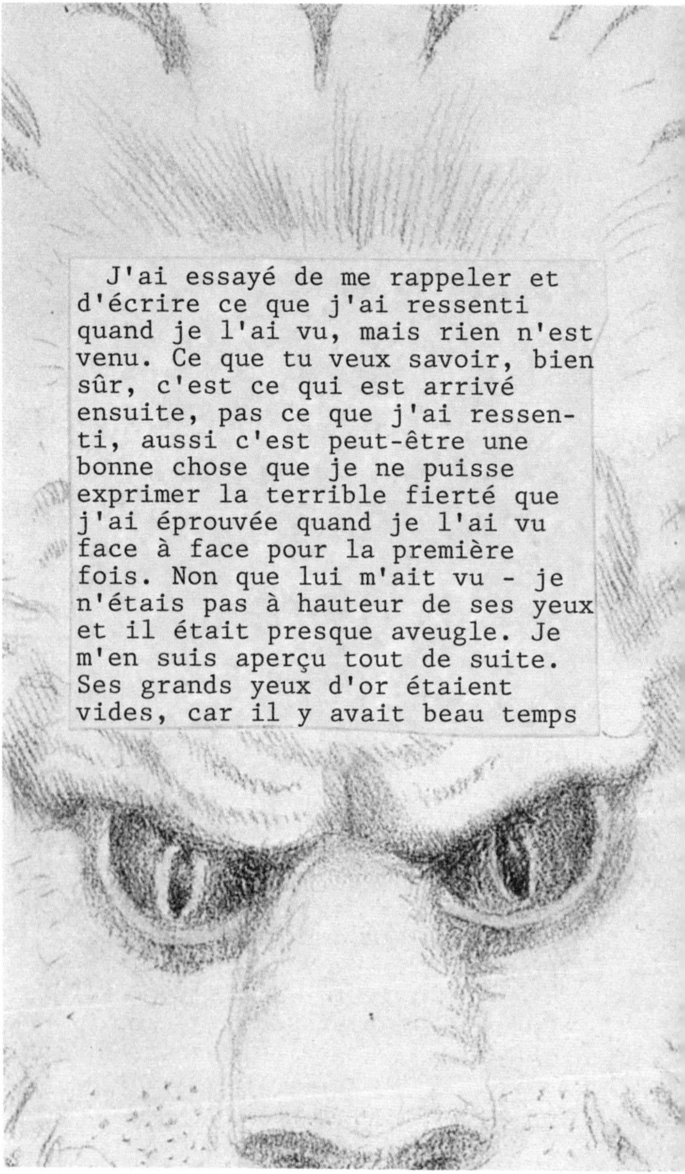

J'ai essayé de me rappeler et d'écrire ce que j'ai ressenti quand je l'ai vu, mais rien n'est venu. Ce que tu veux savoir, bien sûr, c'est ce qui est arrivé ensuite, pas ce que j'ai ressenti, aussi c'est peut-être une bonne chose que je ne puisse exprimer la terrible fierté que j'ai éprouvée quand je l'ai vu face à face pour la première fois. Non que lui m'ait vu - je n'étais pas à hauteur de ses yeux et il était presque aveugle. Je m'en suis aperçu tout de suite. Ses grands yeux d'or étaient vides, car il y avait beau temps que sa jeunesse était passée et il se préparait à mourir.

Mais la blancheur extraordinaire des poils de sa fourrure arctique, c'est une chose que je n'oublierai jamais. Même la neige me semble sale et grise lorsque je me souviens du Lion Blanc.

J'avais complètement oublié Jackson et, après l'avoir cherché partout, je m'aperçus qu'il s'était caché sous mon édredon.

Cela prouve combien toutes mes pensées étaient concentrées sur le Lion Blanc car je ne l'avais même pas senti, bien qu'il ait dû gigoter.

Quand je l'ai sorti de mon duvet, il claquait toujours des dents et j'ai mis un temps fou à le convaincre que le Lion Blanc était presque aveugle.

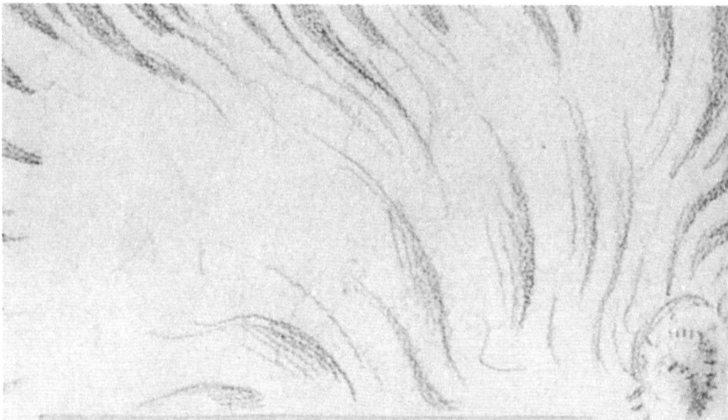

Alors le soleil commença à sombrer et le ciel s'emplit de croix et de cercles colorés - je crois que ça s'appelle une aurore boréalice ou quelque chose comme ça -, et j'ai été sidéré la première fois que j'ai vu ce feu d'artifice dans le ciel. En tout cas, dès que le soleil sombra, le Lion Blanc secoua sa crinière et la moitié du ciel fut cachée par ce tourbillon de poils. Puis il releva sa noble tête et se mit en marche vers la cathédrale de verre aux vingt mille flèches. Bien qu'aveugle, il ne fit jamais le moindre faux pas et marcha dans la neige profonde, puis sur la glace où je le suivis sur la pointe des pieds, Jackson sur mes talons.

Le Lion Blanc tourna vers l'est quand il atteignit le pied de la cathédrale et se dirigea vers une haute et étroite ouverture constellée de stalactites. Arrivé devant ce porche, il baissa la tête vers la glace et rugit. C'était le plus petit rugissement qu'il pût pousser, mais il roula sur la glace comme un galet et ricocha sur les parois de l'intérieur en engendrant des milliers d'échos. C'était une sorte de toussotement discret - comme quelqu'un qui veut plus de gâteau pour le thé.

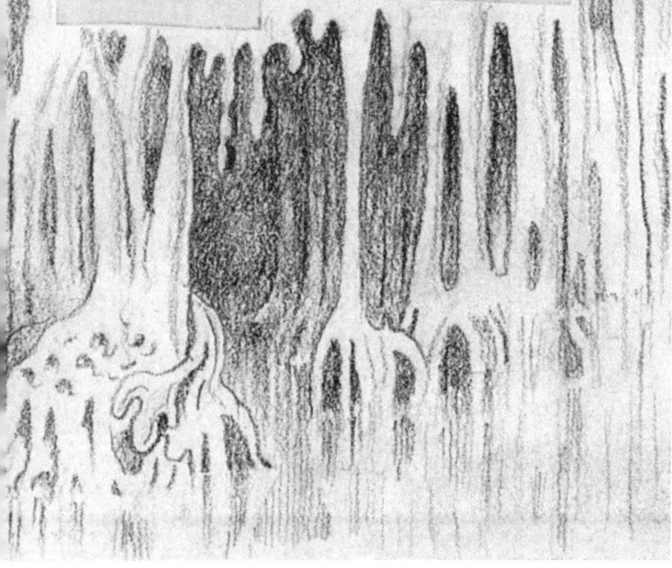

Mais qui le Lion Blanc pouvait-il bien vouloir avertir ? Je n'en avais aucune idée.
Il était là, la gueule près de la glace verte et brillante, le front plissé comme un oreiller le matin, figé dans une attitude d'écoute. Puis, comme un blanc nuage silencieux, il franchit l'ouverture et se glissa~~t~~ entre les murs de verre. ~~Alors~~ Nous le suivîmes longtemps, toujours sur la pointe des pieds, claquant des dents dans de froids boyaux sombres, puis les murs s'élargirent graduellement, l'obscurité devint d'un vert de plus en plus lumineux, et soudain nous débouchâmes dans une salle immense, semblable à un théâtre ou, comme je l'ai dit, à l'intérieur d'une cathédrale.

Tu te rappelles les poissons que Jackson et moi avions vus sous la mer ? Eh bien, ici c'était pareil. La lumière brillait d'en dessous car la glace sous nos pieds était de nouveau transparente. Sous les dalles de verre, occupant toute la longueur de la nef, une baleine longue comme une rue était absolument immobile, à l'exception de ses nageoires qui battaient de temps à autre pour effrayer les poissons pourpres qui se risquaient dans les parages. Sur la glace, à quelques mètres au-dessus de la tête de la baleine, tout au fond de la cathédrale, un trône sombre était grossièrement taillé dans la glace, et le Lion Blanc s'en approchait la tête rejetée en arrière, comme s'il était las d'une vie si longue et si fabuleuse.

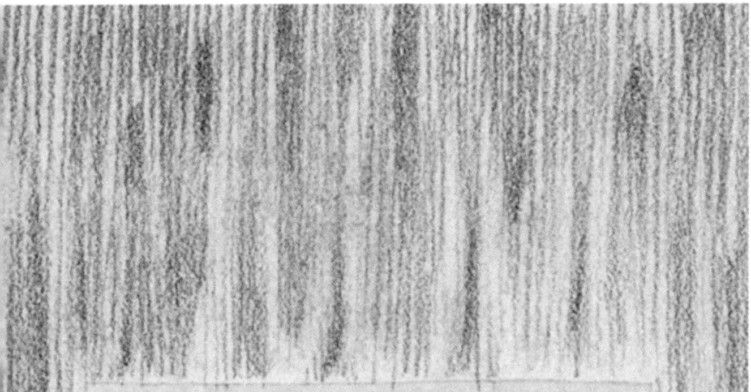

De chaque côté s'étageaient des gradins de verre. La montagne que j'avais cru faite de glace compacte était entièrement creuse et, loin au-dessus de moi, l'obscurité verte atteignait la voûte céleste et remplissait de sa couleur les clochetons vides.

Mais la baleine qui ruminait sombrement n'était pas la seule créature vivante à observer la marche du Lion vers le trône de glace. Oh non ! J'aperçus une vaste et silencieuse congrégation.

Toute la faune arctique était là, assise sur les terrasses de cristal : ours, élans, rennes,

Corbeaux blancs, serpents des neiges et tous les autres représentants de la faune polaire.

et l'eau sous la glace n'était plus verte, mais tremblait de toutes les couleurs de l'arc-en-ciel.

Toutes les autres choses reflétaient les couleurs qui couvaient dans la glace, mais pas le Lion. Etranger à tout, il gardait son immuable blancheur.

Quand il atteignit le trône, il secoua sa crinière, les yeux lançant des éclairs et, tandis qu'il la secouait, on eût dit que cent serpents sifflaient dans la cathédrale.
Ce qui devait arriver arriva. Il se dressa sur ses pattes arrière, ouvrit ses puissantes mâchoires, étendit ses griffes et, poussant un rugissement qui fit tintinnabuler les plus hautes flèches, il se frigorifia dans la mort.

Il était devenu de glace. Il s'était cristallisé. Peu importent les mots que j'emploie pour décrire cette métamorphose. Il était là et il y demeurera éternellement, seul et magnifique dans le désert sauvage du pôle, seul dans sa cathédrale, mon Lion de glace blanche.

Dernière lettre

Je ne me rappelle pas très bien mon voyage de retour jusqu'à l'endroit où je suis à présent, l'un des igloos les plus rudimentaires que j'aie jamais construits. J'étais trop fatigué pour le construire correctement et je n'avais rien à attendre de Jackson qui marchait en dormant.

La nuit était noire et le froid mordant, mais j'étais réchauffé de l'intérieur par ce que j'avais vu et j'avançais dans une sorte de transe, inconscient du bruit de ma jambe-épée qui frappait monotonement la glace, mile après mile. Il y avait de sales lueurs rouges dans le ciel et je savais qu'une tempête se préparait. Il fallait trouver un abri pour l'igloo et nous avons fini par en trouver un au milieu d'un ravin.

La seule chose qui m'importe à présent est que tu reçoives cette lettre et que tu relates les faits au Muséum d'histoire naturelle.

Si seulement mon appareil n'avait pas été aspiré par le maelström, j'aurais pu prendre un cliché du Lion sur son trône. Encore que... A ce moment-là, je ne voulais rien faire d'autre que regarder, regarder, regarder.

Le timbre esquimau qui est sur l'enveloppe te donnera une petite idée de la blancheur du Lion, mais aucune de sa taille et de son importance.

Voilà, neveu, je dois terminer cette lettre. Je ne voulais pas l'écrire, mais je suis content de m'être forcé à le faire. Misère de moi ! Mais c'est que j'ai un joli brin de plume .

Peut-être qu'un jour je reviendrai en Angleterre ! En attendant, je suis entouré par tout ce que j'aime : traîneaux, kayaks, phoques et chasseurs de baleines. Jackson vient de franchir le seuil de l'igloo. Il a l'air très excité. Oh chialerie ! Qu'il est maladroit : il vient de trébucher sur ma jambe-épée et il a renversé tout le café sur cette page. Misère de lui !

J'en ai absolument marre de Jackson. Cette page est tout bonnement dégoûtante.

Je suis sorti pour voir ce qui l'excitait tant. Ce n'était qu'un troupeau de
rennes attaqué par les loups. J'ai déjà vu ça cent fois et ça ne m'étonne plus. Mais, j'y pense, le ruban de mon chapeau melon est en lambeaux et une peau de loup ferait un ruban du plus bel effet.

J'aiguise ma jambe-épée et je sors ferrailler avec les loups. Au
revoir, neveu.
ton Oncle perdu.

Mervyn Peake, 1911-1968...

Fils d'un médecin, Mervyn Peake naît en Chine, lieu des confins, des enceintes, meurt cinquante-sept ans plus tard, en Angleterre, vieilli avant l'âge, le corps secoué par la maladie de Parkinson... Au prieuré où il est soigné, il écrit :

Des têtes flottent autour de moi,
Vont et viennent, m'absorbent.
Des têtes flottent autour de moi, hantées
Par des chagrins solitaires.

Peake : un météore à la trajectoire éblouissante. À onze ans, il dessine un mandarin chinois, jusqu'à la fin, main tremblante, ne lâche ni les crayons ni la plume. D'abord connu comme illustrateur (*Alice au pays des merveilles, Derrière le miroir, L'Île au trésor*), il devient vite, pour la critique anglo-saxonne, « le plus grand illustrateur vivant ».

Admiré et soutenu par Graham Greene et par Dylan Thomas, il écrit une trilogie de plus de mille cinq cents pages, la trilogie de Gormenghast[1], un ensemble romanesque inclassable, flamboyant comme une chapelle baroque. Miné par la maladie, il esquisse ainsi le « plan » du dernier volet, *Titus errant* :

« Des neiges-des montagnes-des îles-des rivières-des archipels-des forêts-des lagons//des soldats-des monstres-des pirates//des voleurs-des hypocrites-des sirènes//des acteurs-des fous-des rêveurs//des peintres-des banquiers-des décadents//des formes-des sons-des couleurs//des échos-des tonalités-des odeurs »[2].

1. Traduite en français aux éditions Stock : *Titus d'Enfer, Gormenghast* et *Titus errant*.
2. *Mervyn Peake,* par John Watney, Londres, Ed. Michael Joseph, 1976.

La palette de Peake (son-forme-couleur) se reconnaît immédiatement. Elle signe aussi bien ses romans que ses dessins ou ses poèmes. Ainsi :

Sur des océans sans rives, sans crèches,
Où les vagues ne vont jamais à la ligne,
Nous voguions, moi et douze pêches,
Un canapé et un cygne[3].

Ou bien :

Le drame avec ma glace en pied
C'est moi – moi de la tête aux pieds,
C'est dramatique, ces boulettes,
Quand tout marche sur des roulettes[4].

En 1937, il épouse Maeve Gilmore (qui étudie la sculpture et la peinture) dont il aura trois enfants. Pour elle, il écrit ce vers intraduisible : « *You are the maeve of me.* » Il était, comme on dit, aussi beau qu'on dit que le sont les dieux.

Patrick REUMAUX

3. Tiré de *A Book of Nonsense,* Picador, 1974.
4. *Ibid.*

TABLE

ROMANS HUIT & PLUS

aventures / comme la vie / humour / mystère

Hubert Ben Kemoun
LE COUPABLE HABITE EN FACE
illustré par Philippe Chauvet

Nadine Brun-Cosme
DES PAS DANS MON CIEL BLEU
illustré par Pef

Évelyne Brisou-Pellen
LE GRAND AMOUR DU BIBLIOTHÉCAIRE
LE MONSTRE DU CM1
illustrés par Véronique Deiss

Achim Bröger
BON VOYAGE, FLOCKI !
JOYEUX NOËL, FLOCKI !
BON ANNIVERSAIRE, FLOCKI !
illustrés par Gisela Kalow

Stéphane Daniel
LE SECRET DE MONSIEUR VERLAN
illustré par Jean-Marie Renard

Didier Dufresne
MILLE SAPINS !
illustré par Bill Marshall

Florence Dutruc-Rosset
CAMBRIOLEUR AU GRAND CŒUR
illustré par Christophe Merlin

Gilles Fresse
L'OREILLE DU LOUP
illustré par Walther Lalonde

François Guiguet
LE TRUC DE NAÏK
illustré par Serge Bloch

Jo Hoestlandt
LES AMOUREUX DE LÉONIE
illustré par Sophie Toussaint

Fanny Joly
FOUS DE FOOT
LA GRANDE MÉCHANTE LOU
ALERTE AUX CHOUQUETTES
illustrés par Christophe Besse

Yvon Mauffret
LA CLÉ
illustré par Ginette Hoffmann

Sandrine Pernusch
MON JE-ME-PARLE
illustré par Ginette Hoffmann

Michel Piquemal
PETIT NUAGE
illustré par Jean-Michel Payet

Niklas Rådström
ROBERT
illustré par Bruno Heitz

Paul Thiès
L'ÉCOLE DES SORCIERS
LA RENTRÉE DES SORCIERS
AU FEU, LES SORCIERS !
illustrés par Véronique Deiss

Ian Whybrow
50 JOURS POUR DEVENIR
PARFAITEMENT MÉCHANT
illustré par Tony Ross

ROMANS DIX & PLUS

aventures / comme la vie / humour / mystère

Béatrice Bottet
RIFIFI SUR LE MONT OLYMPE
illustré par Hélène Prince

Robert Boudet
MON PROF EST UN ESPION
illustré par Serge Bloch

Évelyne Brisou-Pellen
LA FILLE DU COMTE HUGUES
illustré par Natalie Louis-Lucas

Claude Carré
UNE SOIRÉE D'ENFER
illustré par Dominique Boll
CADEAU !
LA FIESTA DU SIÈCLE
illustrés par Bill Marshall

Jean-François Chabas
UNE MOITIÉ DE WASICUN
illustré par Hervé Blondon
VIEILLE GUEULE DE TATAWE
illustré par Christophe Blain

Sarah Cohen-Scali
LA PUCE, DÉTECTIVE RUSÉ
MEURTRES AU PAYS DES PELUCHES
L'ÉCOLE FRISSONNIÈRE
illustrés par Christophe Besse

Stéphane Daniel
UN TAG POUR LISA
QUERCY RAP
illustrés par Christophe Rouil

Irina Drozd
L'ACCIDENT
LE MESSAGE
LA PLACE VIDE
illustrés par Dominique Boll
IDENTITÉ VOLÉE
illustré par Thierry Daniel

Mary Jemison
ENLEVÉE PAR LES INDIENS
illustré par Jean-Michel Payet

Jean Ollivier
LE CRI DU KOOKABURA
illustré par Christophe Blain

Mervyn Peake
LETTRES D'UN ONCLE PERDU
illustré par l'auteur

Sandrine Pernusch
UNE ANNÉE TOURBILLON
illustré par Frédéric Rébéna

Yves Pinguilly
UNE SEMAINE AU CIMETIÈRE
ROCK PARKING
LE STRIP-TEASE DE LA MAÎTRESSE
illustrés par Nadine Van der Straeten

Michel Piquemal
YOËL OU LE SANG DE LA PIERRE
illustré par Dorothée Robert

Marie-Sophie Vermot
ÉCHAPPÉ SUR POINTES
illustré par Christophe Rouil

Jean-Louis Viot
TOUT FAUX, LUDO !
illustré par Christophe Rouil

Colette Vivier
LA MAISON DES PETITS BONHEURS
LA PORTE OUVERTE
illustrés par Serge Bloch

Olivier de Vleeschouwer
MA PREMIÈRE HISTOIRE DRÔLE
illustré par Dominique Cordonnier